閑居の庭から

続・不東庵日常

細川護熙

小学館

閑居の庭から

続・不東庵日常

目次

第三章　ゆかりの庭をめぐって

第四章 芸術家のいる庭

第五章 自然のなかの庭

凡例

一、本書は平成一七年十月から平成一八年四月にかけて、小学館より刊行した『週刊　日本庭園をゆく』に連載された「閑庭閑話」に、書き下ろしを加えて一冊にまとめたものである。

一、注は編集部において作成した。各節ごとに番号を付し、それぞれの節の終わりに記してある。

はじめに

あるとき、小学館の大山邦興さんが訪ねてきて、庭についてエッセイを書いてみませんか、といわれた。近く庭に関する本を刊行することを計画中で、それに連載しないかということだった。

やきものや書画についてはは日ごろなにかと考え、制作もしているが、庭についてはまったくの素人である。一、二編の短文を草するというならともかく、連載となると正直、荷が重いと感じて、一度はお断りした。しかし、大山さんから、庭自体について論評するようなことではなく、庭は話の入り口であったり、出口であったり、また文中の一エピソードであったりすればよく、内容は連想の赴くままでいいから、と再度の慫慂《しょうよう》を頂いて始めたのが『週刊　日本庭園をゆく』というウィークリー・ブックに連載した「閑庭閑話」なる三十話の拙文である。この『閑居の庭から　続・不《ふ》東庵《とうあん》日常』は、その連載を基にしたものだ。サブタイトルは、かつて同じ小学館から出してもらった『不東庵日常』という小著の続編という意味合いである。前著はやきものと読書を中心にしたものだったが、わが不東庵での日ごろの感懐を述べるということでは、わたしの中で一貫性があるからだ。

執筆の直接のきっかけは右のとおり大山さんからのお誘いであるが、承諾したのには多少は庭についての思いがあってのことだ。それは、庭のなかにはいろいろな問題が凝縮されているのではないか、という常日ごろの考えである。

庭は基本的に人工の産物だが、よほど突飛な庭でない限り、深く自然と関わっている。いわば自然を切り取って身近にもってきたような趣があるのだが、その自然の切り取り方、もってき方にそれぞれの地域の歴史と文化の特性がよく表われているように思う。書でも絵画でも陶芸でも、人間の所産すべてにそれはいえることだろうが、庭には端的に、また直接的に歴史や文化を訴えかけてくるところがある。いい庭には、見る人の想念を遊ばせる要素が多々あるようにも思う。それは静視する場合も、逍遥《しょうよう》する場合もそうだ。庭は作り手の思想の表現であるだけでなく、各自の思索の舞台でもあるだろう。

さらに庭は、水、草木など、動きのあるものとの関わりが強い。それらは時間とともに変化してやまない。そこが同じ鑑賞対象でも書画や彫刻などとの大きな違いである。書物でも芸術作品でも、読むたびに、見るたびに印象を異にするのはよくあることだが、庭においては対象自体が変化していき、そこに見る人の変化が重なる。天候や空気までもが庭に参加する。その点で、庭は生き物である。そこが面白いと感じられる。

つたない「如是我観庭《にょぜがかんてい》」だが、読者になにがしかの興味をもって読んで頂ければ、筆者としてこれに過ぎる喜びはない。

装丁・扉・本文デザイン　刑部一寛（brahman co.ltd）
表　紙　池大雅筆「十便図　吟便」
国宝　川端康成記念会蔵　写真・日本近代文学館

第一章

閑居の庭

草庵と庭
――不《ふ》東庵《とうあん》の窓から

隠棲と花鳥風月

人間《じんかん》の栄耀《えいよう》は因縁浅く
林下の幽閑は気味深し

白居易《はくきょい》（楽天《らくてん》[*1]）の「老来生計」中のこの詩句はわたしのもっとも好むもののひとつだが、この神奈川県の湯河原《ゆがわら》に閑居して七年、改めて草庵的生活のありがたさを思っている。

日本における隠遁生活に対する憧れは、中世におおいに高まるが、その時代の一時的な現象ではなく、万葉の昔からあったもので、人びとの権力やカネなど浮世的なものへの嫌悪感と花鳥風月を愛する自然愛とが仏教的あるいは老荘《ろうそう》的思想[*2]と結びついて、古代以来今日まで根強く生き続けてきたものと考えられる。

しかし、隠遁といっても、深山幽谷に隠れ住むばかりではない。むしろ中世以降の草庵は、多くの場合、人跡《じんせき》通わぬ山奥ではなく、現実に生活の糧《かて》を確保するという観点からも、里の煙が遠く望まれ、鶏の声がかすかに聞こえるほどの位置にあったと思われる。中世説話を集めた『閑居友《かんきょのとも》』や『撰集抄《せんじゅうしょう》』によると、草庵が建てられたのは、ほとんどが「後ろは山、前は野辺」といったところで、まさに松尾芭蕉《まつおばしょう》*3が『幻住庵記《げんじゅうあんのき》』に記した「人家よきほどに隔たり」というあたりにあったようだ。右に引いた白居易は、王康琚《おうこうきょ》の『反招隠《はんしょういん》』に、「小隠は陵藪《りょうそう》に隠れ／大隠は朝市《ちょうし》に隠る（ほんとうの隠者は町中にいるものだといった意）」とあるのをもじって「如《し》かず中隠となりて……心と力とを労せず／また飢えと寒さとを免かる」とし、「中隠」こそ自分のあり方としている。

庭からの眺め

わたしも、閑居隠棲への思いから、いまの不東庵を営んでいるのだが、わが庵は厳しい修養の場ではなく、生活上で格別の不便はない場所に位置していて、白居易のひそみに倣《なら》えば、中隠の類かもしれない。また、往時のある草庵人《びと》がそうだったように、麻の衣と持仏、持経、それに筆と硯《すずり》しかないというものでももちろんない。古来の草庵人のほとんどが小机に載せていた書物、それはたとえば、『往生要集《おうじょうようしゅう》』『文選《もんぜん》』『白氏文集《はくしもんじゅう》』『老子《ろうし》』『荘子《そうじ》』『本朝一人一首《ほんちょういちにんいっしゅ》』

天龍寺
大方丈から眺める曹源池（そうげんち）。天龍寺は足利尊氏の請いによって夢窓国師が開山。
写真／水野克比古

『土佐日記《とさにっき》』などで、ごく少量であったようだが、私の机の周辺がその何十、何百倍もの書籍で埋もれていることも大きな違いだ。それがかえって少数の書を精読する妨げにもなっているのだが、いずれにしても、孤燈の下に書を開いて静かに古人を友とすることほど、いつの時代にあっても心を潤してくれるものはあるまい。

そして、書物と並んで、閑居の心を癒《いや》してくれるのが、自然の風光である。しかし、里に近いところに住むということは、自然の景観からは遠ざかるということでもある。そこに旅と庭が閑居のなかでもつ特別な意味があるように思われるが、どうだろうか。

わが不東庵にも、あまり大きくはないが、庭があることはありがたい。書斎代わりに使っている三畳の縁側から桜、楓《かえで》、ヤマボウシ、山椿、いくつかの石などが芝生をはさんでまったく自然な庭の佇《たたず》まいを見せていて、春なら春、秋なら秋、四季折々に薫風を運んできてくれる。

庭と仏教思想

日本人が初めて庭を作ったのは飛鳥《あすか》時代だろうといわれているが、その歴史は深く仏教と結びついているようである。あるときは浄土教の影響を受けて極楽浄土のような庭が生まれ、またある時期は密教の影響で曼陀羅《まんだら》の世界のような庭が生まれた。それが鎌倉時代になって、日本のなかに禅が確立し、それまでの仏教とは異質な文化を形成するようになり、それが庭園の上にも新しい形式をもたらすことになった。浄土教では浄土は西方十万億土のかなたにあって、たやすくたどりつけるようなものではないと考えられたのに対して、禅は「即心即物」、極楽浄土を外に求めずわが心の内にあると見る。庭は庭として外に眺める形で作られることはもちろんだが、それをただ単に外にあるものとしないで、内なる心の顕《あらわ》れとして、つまり心の世界で捉《とら》えようとした。

庭というものが、自然景観を箱庭的に模して作ったものとするならば、いかにすばらしい庭を作ったところで、それは大自然と引き比べればまことにちっぽけでつまらぬものに過ぎない。夢窓国師《むそうこくし》*4の『夢中問答集《むちゅうもんどうしゅう》』には「白楽天小池をほりてその辺りに竹を植えて愛せられき、其《そ》の語にいわく、竹は是《こ》れ心虚《こころむな》しければ我が友とす。水は能《よ》く性浄《きよ》ければ吾が師とす云々。世間に山水《せんずい》を好み玉《たま》う人、同じくは楽天の意の如くならば、実に是俗塵《これぞくじん》に混ぜざる人なるべし」とある。

庭には限らないが、景観の論はまさに「山水には得失なし。得失は人の心にあり」という国師のことばに尽きるように思う。

＊1 白居易　772～846。中唐の大詩人。字は楽天。5～6歳のころから詩を作ったといわれる。29歳で科挙の進士科に合格。815年越権行為があったとされ、江州（現在の江西省九江市）の司馬に左遷される。その後、中央に呼び戻されるが、権力闘争の激化を見て自ら地方の官を願い出、71歳で官職を辞す。74歳のとき、自らの詩文集『白氏文集』75巻を完成させる。

＊2 老荘思想　中国の道家の説に基づき3、4世紀の魏晋時代に流行した伝統思想。道家の大家である老子、荘子の名を合わせた名称。人為的なことはなにもなさず自然のあるがままに任せることを唱道した。

＊3 松尾芭蕉　1644～1694。蕉風（しょうふう）という芸術性の高い句風を生み出し俳聖と呼ばれた日本を代表する俳人。伊賀国（現在の三重県伊賀市）に生まれる。1672年に江戸に下り、1680年に深川に草庵を結ぶ。植えた芭蕉の木が大いに茂ったので「芭蕉庵」と名付けた。しばしば旅に出て、『野ざらし紀行』『笈の小文』『おくのほそ道』などの紀行文も多数残している。その最期も旅の途中で、大坂御堂筋の旅宿・花屋仁左衛門方で客死した。

＊4 夢窓国師（疎石）　1275～1351。臨済宗の禅僧。9歳にして得度。1325年に後醍醐天皇の要望により南禅寺の住持となる。その後、恵林寺、臨川寺を開き、足利尊氏が天龍寺を建立すると、開山として招かれ第一祖となる。門弟も1万人を超えたといわれ、名僧を輩出した。西芳寺庭園や天龍寺庭園など多くの名庭園の作庭でも知られている。

山水《さんすい》と山水《せんずい》

胸中の山水

夢窓国師《むそうこくし》は「古《いにしえ》より今にいたるまで、山水とて山を築《つ》き石を立て、樹を植ゑ水を流して、嗜《し》愛《あい》する人多し」（『夢中問答集《むちゅうもんどうしゅう》』より）という。

ここでいう山水は「せんずい」と訓《よ》んで、当然、庭を指す。「山水《さんすい》」ということば自体は、西晋《せいしん》時代の人左思《さし》[*1]の「招隠《しょういん》」という詩に「山水に清音有り」とあって、これが現存の文献では初出だそうだ。この山水は本来の自然をいっていて、清らかな山中に棲む隠者への詩人の憧れを託している。前にふれた王康琚《おうこうきょ》の「反招隠《はんしょういん》」は、もちろん左思の「招隠」を踏まえたものだ。

山水＝庭というのは、庭が本来自然たる山水を人工のなかに取り入れたことを意味しているが、興ぶかいのは日本の禅庭の元祖ともいうべき夢窓国師が、右のことばに続けて次のようにいっていることだ。少し長いが引用してみる。

その山水の趣きは同じようでも、その考えはそれぞれ違っている。あるいは、自分の心では、大しておもしろいとも思わないのに、ただ家の飾りにして、よその人によさそうな住居だなと言われたいために構える人もある。あるいは万事に事に欲張る心があるために、世間の珍宝を集めて愛好する中に、山水をもまた愛して、奇石珍木をえらび求めて、集めて置いている人もある。こういう類の人は、山水の風雅な点を愛するわけではなく、ただ浮き世の塵を愛する人だ。（川瀬一馬 現代語訳による）

夢窓のこの言をわたし流に拡大解釈するならば、実際の樹石、泉水で構成するのが庭で、筆墨で紙絹の上に表現するのが絵画というだけのことだから、両者に差異はない。ともに胸中の山水をいうにほかならない。そう考えれば詩歌にもまた、ことばによる山水といってもいいものがあるだろう。

多少、我田引水を許してもらうなら、わたしにおける茶盌《ちゃわん》作りもまた、わが胸中の発露ということだ。

陶淵明《とうえんめい》と庭

夢窓国師は西芳寺《さいほうじ》*2の庭を作ったとき、「仁人《じんじん》は自《おのず》から是《こ》れ山の静かなるを愛し、智者《ちしゃ》は天然の水の清なるを楽しむ」と即興で『論語《ろんご》』の「知者は水を楽しみ、仁者は山を楽しむ」ということばをもじって壁に題したという。ここから夢窓が自然の山水からなにを人工の山水に移そうとしたのかが想像できるような気がする。これまた我流の解釈だが、「後ろは山、前は野辺」といった望ましい草庵の立地を、寺域に持ちこんだのではなかろうか。

禅刹《ぜんさつ》はもとより世俗を絶つ厳しい修行の場である。しかしそこに「山水のやさしさ」を添えたところに夢窓の詩魂を見ることもできるだろう。

ところで、庭というと、つねにわたしの脳裏に思い浮かぶ人がいる。東晋《とうしん》の陶淵明*3である。

少にして俗韻《ぞくいん》に適する無く
性本《もと》と丘山《きゅうざん》を愛す
誤って塵網《じんもう》の中《うち》に落ちて
一去十三年なり
羈鳥《きちょう》（囚われの鳥）は旧林《きゅうりん》を恋い

西芳寺　枯滝石組《かれたきいしぐみ》

ひとつの空間を枯山水としてまとめ上げた日本最古のもの。水を使用せず滝を表現する。

写真／水野克比古

池魚《ちぎょ》は故淵《こえん》を思う
荒《こう》を南野の際に開き
拙《せつ》を守りて園田《えんでん》に帰る
方宅は十余畝《ほ》
草屋《そうおく》は八九間《けん》

（中略）

戸庭に塵雑《じんざつ》無く
虚室《きょしつ》に余間有り
久しく樊籠《はんろう》（鳥かご＝官途）の裏《うち》に在りて
復《ま》た自然に返るを得たり

適意の詩はいくつもあるが、「園田の居《きょ》に帰る」というこの詩などは自分の心境を託すにもっとも適したものだ。
周辺の佇《たたず》まいも慕わしいが、「戸庭に塵雑無く／虚室に余間有り」というのもわたしの理想とするところだ。

陶淵明といえば「帰りなんいざ」で始まる「帰去来の辞《ききょらいのじ》」が有名だが、そのなかに、

三径《さんけい》は荒《こう》に就《つ》き
松菊《しょうきく》は猶《な》お存《そん》せり

とあって、この三径ということばも好きだ。漢《かん》時代の隠士であった蔣詡《しょうく》が庭の竹の下に三本の小道（三径）を作り、松、菊を植えて清遊したことから、簡素な庭を意味する。陶淵明は三径に自らの心情を託していて、おおいに共感できる。

世俗のつき合いも極力避け、つねづね身辺整理を心がけているのだが、現実にはまだ来客も多く、書籍やら自作のやきものやらで、近ごろだいぶ余間がなくなってきているのは嘆かわしい。せめて庭には余計なものは一切おかないようにしているが、時空を超えられるものなら、一度、陶淵明を園田居に訪《と》い、その庭前で語り明かせたらと思う。

＊1 左思　生没年不詳。中国西晋の文学者。後ろ盾のない寒門の出身であったため、官途は不遇だったが文才に優れていた。魏呉蜀三国の首都を題材にした『三都賦』は人びとが争って筆写したため、洛陽の紙の値段が高騰したといわれ、のちに「洛陽の紙価を高める」という故事を生んだ。

＊2 西芳寺　京都にある臨済宗の寺。美しい苔の庭園が有名で別名・苔寺と呼ばれる。天平年間に行基が開山したと伝えられ、1339年に夢窓国師が中興、庭園を作った。当時は現在のように苔が生えていない枯山水であり、苔に覆われたのは江戸時代末期のこと。

＊3 陶淵明　365～427。中国東晋時代の詩人。下級貴族の出身のため出世できず、41歳にして役人を辞め、郷里の田園に隠遁した。その心境を述べたのが「帰去来の辞」である。農業のかたわら詩作に励み、晴耕雨読の生活を目指した。江南の田園風景をテーマにした詩文を多く残し、「隠逸（いんいつ）詩人」「田園詩人」と呼ばれる。

陶《とう》淵《えん》明《めい》と借《しゃっ》景《けい》

陶淵明の自適

陶淵明の詩のうち、25ページで引いた「帰去来《ききょらい》の辞《じ》」や、「園田《えんでん》の居《きょ》に帰る」とともに、もっとも人口に膾炙《かいしゃ》しているのは「飲酒　其の五」の次の一節だろう。

廬《いおり》を結んで人境に在り
而《しか》も車馬の喧《かまびす》しき無し
君に問う何ぞ能く爾《しか》るやと
心遠ければ地自《よ》から偏なり
菊を采る東籬《とうり》の下《と》
悠然として南山《なんざん》を見る

自適の生活の心境を託して、これ以上のものはない。

夏目漱石《なつめそうせき》[*1]は『草枕《くさまくら》』のなかで、西洋の文学が「地面の上を馳《か》けあるいて、銭の勘定を忘れるひまがない」のに対して、「うれしい事に東洋の詩歌はそこを解脱《げだつ》したのがある」といい、この詩の最後の二句を引いて、「ただそれぎりの裏に暑苦しい世の中をまるで忘れた光景が出てくる。垣の向うに隣の娘が覗《のぞ》いてる訳でもなければ、南山に親友が奉職している次第でもない。超然と出世間的に利害損得の汗を流し去った心持ちになれる」と主人公に述懐させている。わたしもまったく同感だ。

陶淵明は昔の江州《こうしゅう》、現在の中国江西省《こうせいしょう》九江《きゅうこう》の人である。何度か出仕するが、中年に至って官を辞し、「帰りなんいざ／田園まさに荒れなんとす」として、故郷に隠棲したことは、あまりに有名だ。彼は当時の士人だから、ある程度の土地、家屋はあり、そのことは「園田の居に帰る」の詩でも窺《うかが》われるが、あまり豊かではなく、自ら田畑を耕してもいたようだ。その田園詩には実感がこもっている。

廬山《ろざん》を借景に

ところで、陶淵明が悠然として見た南山《なんざん》とは、廬山である[*2]。彼の隠棲の地は廬山の北にあり、地図で見ると鄱陽湖《はようこ》も遠からぬところである。わたしはまだ行ったことがないが、風光麗しいところだろうと想像はつく。ことに陶淵明在世の時代は江南《こうなん》ののどやかな風景が広がっていたに違いない。

その詩の情景を脳裏に思い浮かべると、目前には菊の花が咲き乱れている。菊は重陽《ちょうよう》の節句（九月九日）に酒に浮かべて飲んだという。松尾芭蕉《まつおばしょう》の「草の戸や日暮てくれし菊の酒」の句もそのことを踏まえたものだ。陶淵明の別の「九日閑居《きゅうじつかんきょ》」詩の序には、当日、秋菊は庭に満ちているが、酒がないので、菊の花だけを服したとある。菊花の向こうには近隣の農村風景が広がり、そして目を遠くにやると廬山の秀峰が見える。この日は酒もじゅうぶんの用意があったに違いない。悠然としているのは見る人だが、廬山もまた悠然として人に対している。

籬《まがき》に咲く菊以外はすべていわば借景であるが、想像するだに羨ましいような借景ではある。

修学院離宮《しゅうがくいんりきゅう》にて

日本で借景といえば、わたしはすぐ修学院離宮を思い起こすが、比叡山《ひえいざん》の麓、東山《ひがしやま》連峰の山裾に広がるこの広大な離宮の借景もまさに日本美のひとつの極みである。比叡の霊峰だけでなく、東山三十六峰、さらに北山から西山の峰々まで広く視界に収まるところは、けっして廬山の借景にひけを取るものではないだろう。

しかし、その眺望できる四囲の山々よりも、さらにわたしが心惹かれたのは、日本人の心の

修学院離宮
隣雲亭(りんうんてい)からの眺望。遠望すれば北山から西山までの大パノラマが広がる。
写真／中田　昭

原風景である田圃《たんぼ》までが、ここではみごとに借景として修学院の三つの離宮のあいだに取り込まれていることだ。自然の雄大な景観もさることながら、生活の形がそのまま目の前にあることほど心を和ませてくれるものはない。この離宮は後水尾《ごみずのお》上皇＊3の別荘として建てられたもので、上皇の御製にも次の歌がある。

あらそはぬ民の心もせき入るる苗代水のするゑにみえつつ

わたしが訪れたのは六月中旬のある晴れた一日だったが、そこでは早苗が風に揺れ、どこにいても聞こえてくる山からの水の音とともに、ホトトギスがそこにあるすべてを自然に溶け込ませてくれるようであった。修学院離宮は秋の景観が有名だが、新緑に囲まれた時期もまたすばらしい。

ただ、ここにも日本という国の現状を反映した大きな問題がある。それは農業の現場における高齢化と後継者難だ。現在、修学院離宮のかたわらの七万平方メートルほどの農地で農業に従事している家は三十数軒の由であるが、多くの人たちが七十歳を超え、なかには八十歳を過ぎて頑張っておられる方もある。あるお年寄りの言。

「先祖から預かった土地やけど、いずれ仏さまに『やめなしょうないんや』いうてあやまら

雲霧に包まれた廬山
この地を訪れた文人墨客は多く、なかでも白居易(はくきょい)がよく知られている。

んならん」

労働力の不足を補うためには機械化をせざるえないのだが、斜面をきり開いた立地では機械の作業効率も悪く、新規投資の負担がかかる。上離宮の両脇にある八枚ほどの田も近ごろ危うく放棄されそうだったが、ようやくなんとか若い人が継いでくれることになって、農地として生き残ったという。

もうひとつ、水の問題がある。台風の影響ですぐ後ろの山から下ってくる水流が変わったこともあるが、比叡山系の流水そのものが減少しているため、現在の農地をすべて水田として活用するには水が足りない。現状では必要量の半分くらいは確保できるらしいが、水田を畑に変えて耕作しているところが目立つし、耕作放棄された田もある。現在は全田畑の三分の一が水《すい》稲《とう》だという。一度、水田であることをやめた田は元に戻すのが極めてむずかしい。山と稲田に抱かれた修学院離宮の美しさ、すばらしさはいま、基本的な部分で崩壊の危機と隣り合わせにある。

里山としての修学院離宮

修学院離宮の稲田のことはずっと気になっていて、年を越して田植えが始まる前であったが、宮内庁京都事務所の川瀬《かわせ》昇作《しょうさく》さんのご案内を得て再訪した。農閑期で、田畑に出ている人は多くなかったが、たまたま作業をしていた七十四歳のSさんは、五年先にはかなり農家は減るだろうといわれる。「悪くすると三軒くらいになってしまうのと違いますか?」。米を収穫すると稲木《いなぎ》に架けて干していたが、これも重労働である。いまでは機械乾燥に出すことが多いが、せめて一部でもそういう天日干しの風景を残したい、という。そのこだわりをなくしてしまったら田圃《たんぼ》をお返ししたほうがいい、ともいう。会話を続けるうちに、Sさんは、わたしの雅遊の師ともいうべき加藤静允《かとうきよのぶ》さんの竹馬の友であることがわかった。その後、加藤さんに尋ねてみると、子どものころに眺めた中御茶屋《なかのおちゃや》から上御茶屋《うえのおちゃや》に行く松並木の道から見る田圃の風景は、当時はあまりにも当たり前の景色だったが、いま思えばほんとうに美しかった、という。絵心豊かな加藤さんの眼底には、その光景が少年時代の思い出とともに残っているに違いない。

川瀬さんのお話では、このところ松食い虫の被害もあって、樹齢百二十年から百五十年くらいの松が相次いで枯れ、寂しく悲しい思いだった由である。かつて作庭家の重森三玲《しげもりみれい》さんが作った図面を基に、どうやって里山としての修学院離宮の景観を復元し、守っていくかが目下の整備計画だそうだ。修学院離宮の風景を写した写真はたくさんある。しかし、風景は静止画像だけではない。そのときどきの空気のなかで動体として生きていなければならない。修学院離宮のような、建築、造園と自然、田畑とそこに生きる人びとが一体化した風景をどう維持していくのか。

修学院離宮の旅は、美しさとともに重い課題を見る旅だったし、この離宮が象徴する日本の文化の両面を実感させられる旅でもあった。

***1 夏目漱石**　1867〜1916。江戸の牛込馬場下横町に生まれる。東京帝国大学卒業後、松山中学校、熊本第五高等学校などで英語の教鞭をとる。イギリスに留学後、東京帝国大学で英文科講師を務めるかたわら、『吾輩は猫である』を発表。のちに教職を辞し、朝日新聞社に入社。『坊っちゃん』『三四郎』『こころ』『それから』『明暗』などの名作を世に送り出す。

***2 廬山**　中国江西省九江市にある名山。殷、周のころ匡（きょう）姓を名乗る7兄弟が廬を結んで隠棲したことからこの名が出たといわれる。陶淵明、李白、白居易ら多くの詩人によって詠われている。1996年、世界遺産に認定された。

***3 後水尾上皇**　1596〜1680。第108代の天皇。天皇に即位したころ、徳川氏の朝廷に対する抑圧が強まり、それを不満として1629年に7歳の興子内親王に位を譲り、自らは院政を敷いた。学問・芸術に関心が深く詩歌・連歌をよくした。

『方丈記《ほうじょうき》』と『池亭記《ちていき》』

一帯の景観すべてわが庭

座右の書のひとつに鴨長明《かものながあきら》*1の『方丈記』がある。かねて隠遁者あるいは草庵生活者に関心をもち、湯河原《ゆがわら》に閑居して以来、ことにそれらの人びとに共感を覚えるようになっているが、そのひとりが長明さんだ。彼が終《つ》いの住まいとした京都・日野の方丈は、よく知られるとおり四畳半の移動式プレハブ住宅で、もちろん庭園があるようなしろものではない。しかし、当時の洛南《らくなん》は自身「山の奥」と表現しているように、ずいぶんと人里離れた田舎であったようで、借景《しゃっけい》にはこと欠かなかった。長明さんは書いている。

春は藤波を見る。紫雲のごとくして西方ににほふ。夏は郭公《ほととぎす》を聞く。語らうごとに死出の山路を契る。秋はひぐらしの声耳に満てり。うつせみの世をかなしむほど聞ゆ。冬は雪をあはれぶ。……もし余興あれば、しばしば松のひびきに秋風楽《しゅうふうらく》（雅楽の曲名）をたぐへ、水の音に流泉《りゅうせん》の曲（琵琶《びわ》の曲名）をあやつる。芸はこれつたなけれども、人の耳をよろこばしめむとにはあらず。ひとり調べ、ひとり詠じて、みづから情《こころ》をやしなふばかりなり。

末法思想[*2]を反映して、少し抹香《まっこう》くさい表現だが、行間からは周囲の情景を四季の移り変わりとともに楽しんでいる長明さんの姿が浮かんでくる。一帯の景観をすべてわが庭と感じられれば、これほど贅沢な庭もない。見るだけではなく、香りや音声も楽しんでいることがよくわかり、彼の豊かで開放された感受性が伝わってくる。たしかに借景は視覚だけのものではないだろう。

湧水《わきみず》豊富な昔の京都

ところで、『方丈記』の先蹤《せんしょう》とされるのが慶滋保胤《よししげのやすたね》[*3]の『池亭記』である。

保胤は、平安時代から鎌倉時代への転換期に生きた鴨長明より二百年以上も前の人だ。時代は貴族文化華やかなりしころで、豊かではなかったという保胤も五十歳近くになって、都では地価の安かった六条北の一角に土地を求めて自らの邸宅と庭を作った。『池亭記』によると、その結構はこんなふうである。

土地は全部で十畝《せ》（約一〇アール）余り。小高い部分には小山を造り、窪《くぼ》んだところは小池にし、池の西に小堂を配置して中に阿弥陀さんを安置した。池の東に中二階の建物を建てて書庫とし、池の北に低屋を建てて妻子の住まいとした。……そのほか、緑松の島、白砂の汀《みぎわ》、紅鯉白鷺《こうりはくろ》、小橋小船を配した。

菜園やセリの田もあった。豊かでないといっても、いまの感覚からすればずいぶん贅《ぜい》を尽くしているように感じられる。当人もよほど満足したのか「平生好む所、尽《ことごと》く其の中に在り」といっている。昔の京都は湧水が豊富で、池を造るのは比較的簡単だったようで、庭には池泉《ちせん》がつきものだった。というより、池を中心に住まい全体が構成されていたことがこの書から窺《うかが》われる。『池亭記』という表題もそのことを示しているが、最近の京都市中は日本の都市のご多分に漏れず、地下水脈の途切れたところが多く、豊かな湧水がなくなっているのは残念だ。平安の昔をしのばせる池泉は、聞くところによると、いまや神泉苑《しんせんえん》*4くらいのものだろうという。

仏道への心やみがたく

余談はさておき、こうしてお気に入りの庭つき住宅を造った保胤だが、ここに住んでいたのはそう長いことではなかった。このあたりの事情は、小説ではあるが、幸田露伴《こうだろはん》*5の『連環記《れんかんき》』

神泉苑《しんせんえん》の法成就池《ほうじょうじゅいけ》

神泉苑は平安京の禁苑(きんえん)で、かつては東西２町、南北４町の広大な地を占めた。古代から水を湛えた池は、京都の数少ない原風景である。

写真／水野克比古

に詳しい。保胤は生来やさしい人柄であったらしく、露伴は「自然に和易《わい》の性、慈仁《じじん》の心が普通人より長《た》けた人」と表現している。あるとき保胤が御所へ入ろうとすると、御門の近くに泣いている女がいた。保胤があわれを催して訊くと、主人の使いで他所《よそ》に石帯《せきたい》を借りにいっての帰りに、せっかく借りてきた石帯をなくしてしまったという。石の帯というのは衣冠束帯《いかんそくたい》に欠かせないもので、当時の宮廷への出仕には必需品である。その女の主人がどうしても必要あって借り出させたものだろうから、これは難事である。見かねた保胤はその場で自分の石帯を解いて、女に与えてしまった。ところが困ったのは本人で、ようやくほかの役人の帯を借りて務めを果たしたという。およそ俗事には向かない人となりであったらしい。

結局、せっかくの庭つきの家であったが、保胤がここにいたのはわずか四、五年のことで、仏道への心やみがたい彼は、ついに出家してしまった。寂心《じゃくしん》と称し、比叡《ひえい》の横川《よかわ》にいた源信《げんしん》*6と仲がよく、ふたりにまつわるエピソードも残っているようだ。

保胤の本姓は賀茂《かも》氏で、慶滋は自ら改めた姓だ。露伴は、慶は賀、滋は茂を変えたもので、「よししげ」ではなく「かも」と読むべきだとしている。鴨長明も下鴨《しもがも》の禰宜《ねぎ》の家に生まれた。ともに出家に至り、同じ「かも」氏であったことからも、長明からすれば保胤はひときわ身近に感じられた人物だったかもしれない。長明の保胤に対する気持ちを、そんなふうに思ってみたりもする。

＊1　鴨長明　1155〜1216。京都生まれ。平安時代末期から鎌倉時代初期の歌人、随筆家。下鴨神社の神官・鴨長継の子。長継ゆかりの河合社の神官に推挙されるが果たせず、そのまま出家。日野法界寺の近傍に庵を構え隠遁。ここで日本の三大随筆として名高い『方丈記』を執筆する。

＊2　末法思想　釈迦が入滅して2000年（他の説もある）が経過すると、釈迦の教えだけが残り、悟りを得る者はいなくなるとする予言的な仏教思想。仏陀の死の年をいつにするかにより末法の時期は異なるが、日本では1052年（永承7）に当たるとされ、平安時代末期には末法の救いを阿弥陀仏に求める浄土信仰が盛んになった。

＊3　慶滋保胤　933?〜1002。平安時代中期の漢学者。陰陽道・天文・暦学の家である賀茂家に生まれるが家業にはつかず、文章博士・菅原文時に師事する。息子の成人を見届けると、出家して比叡山の横川に住んだ。

＊4　神泉苑　桓武天皇が794年に平安京を造営した際、大内裏の南に造らせた苑池。つねに清らかな神泉が湧き出ていることから「神泉苑」と名付けられた。その後、神泉苑は天皇や貴族の遊宴の場所となった。824年の干ばつのとき東寺の空海と西寺の守敏が祈雨の法力を競い、空海が神泉苑に善女竜王を勧請して雨を降らせたという伝承がある。

＊5　幸田露伴　1867〜1947。江戸下谷生まれ。小説家。1889年、『露団々（つゆだんだん）』を発表。『風流仏』の成功によって評価され、『五重塔』『運命』などの作品で文壇での地位を確立した。作家の幸田文は娘に当たる。

＊6　源信　942〜1017。平安時代中期の天台宗の僧。伝えによれば、7歳で父と死別、その遺命により出家。9歳のとき、比叡山中興の祖、良源（慈慧大師）に入門。13歳のとき、得度受戒したという。横川恵心院で修行と著述に従事したので恵心僧都（えしんそうず）と尊称される。985年、主著である『往生要集』を著した。

石橋《しゃっきょう》

——浄土への橋

浄土へ至る橋

いわゆる浄土式庭園[*1]というものをみていると、たいてい庭の主要な場所に池を造り、そこに中ノ島をおいて、阿弥陀堂《あみだどう》を建てたり、あるいは池と中ノ島を越えて仏堂に至る形をとっている。慶滋保胤《よししげのやすたね》の池亭《ちてい》にも、池のなかに阿弥陀堂があったのは前に述べた。

宇治《うじ》の平等院《びょうどういん》もまさにそうで、極楽浄土を彷彿《ほうふつ》とさせる阿弥陀堂（鳳凰堂《ほうおうどう》）が池にその優美な姿を映している。池を造るのは、もとより庭に美感を添えるものだが、浄土式庭園にあっては水が塵界《じんかい》と浄土を隔てる結界をなし、そこに橋を渡して双方を結んでいるようだ。そこで思い起こすのは能の「石橋」である。これは世を寿《ことほ》ぐ祝いの能で、とりたてて起承転結を備えた物語性のあるものではないが、だいたい次のような構成だ。

入唐《にっとう》の寂照《じゃくしょう》（昭）法師[*2]が中国各地を参詣《さんけい》したあと、清涼山《しょうりょうせん》（山西省《さんせいしょう》の五台山《ごだいさん》の別名）に着く。

そこには有名な石橋《いしばし》がある。その向こうには文殊菩薩《もんじゅぼさつ》*3の浄土があるという。寂照はさっそく「この橋を渡らばや」と思う。そこにひとりの童子が現われ、この橋を渡るために、昔の高僧たちも難行苦行をしたうえでようやく渡ることができたもので、「行く事かたき石の橋を、たやすく思ひ給はんとや。あら危《あやう》しの御事やな」という。

さらに童子は「御覧候《そうら》へこの滝波の雲より落ちて数千丈の、滝壺までは霧深うして、身の毛もよだつ谷深み」と、その危険を説く。それは人間が造った橋ではなく、自然にできたもので、幅は一尺に満たず、苔が生えて滑りやすい。神仏の加護を得た者でなくては渡ることのできない橋なのだ。そこに獅子が現われて、牡丹に戯れながら、はなやかに舞い納める。

石梁《せきりょう》と石橋

現実の自然石による石橋は、浙江省《せっこうしょう》の天台山方広寺《てんだいさんほうこうじ》*4に「石梁」という名で残っている。これを模したのが名古屋城二之丸北庭の石橋だそうだ。実際の石梁はたしかに狭く滑りやすい石橋で、その下は滝が飛沫を上げつつ滝壺に向かって落ちていくさまは見物であるが、数千丈というほど大規模なものではない。実景を考えず、想像裏に能を楽しむに如《し》くはない。

能の「石橋」の話は、禅門でいう「竿頭《かんとう》進歩」と同じような喩えだろう。すなわち修行というのは、ひたすら仏の加護を信じて、高い竿の先のような危険なところから、さらに一歩を進

能の「石橋」
文殊菩薩の使いである獅子が現われ満開の牡丹に戯れ舞う。豪華で迫力のある大曲。
写真／辻井清一郎

め、身を中空に投げ出すことこそ仏法にかなうことだという教えで、道元《どうげん》さんも「古人の云《い》ふ、『百尺の竿頭に、さらに一歩を進むべし』と。この心は、十丈の竿の先に登りて、手足を放ちて、即《すなわ》ち身心を放下《ほうげ》するが如《ごと》し」といっている。弥陀の浄土に向かうにも、それだけの覚悟が必要だということだろう。

ところで寂照は、「石橋」の最初に「これは、かつて大江《おおえ》の定基《さだもと》といはれし寂照法師にて候」と名乗るとおり、もとは公家《くげ》である。定基は若くして三河守《みかわのかみ》に補任《ぶにん》されていたが、前途洋々たるべき身が道心を発した次第は『今昔《こんじゃく》物語』に出ている。この話をほかの資料で補いつつ、僧としての寂照のその後を描いたのが、前に引いた幸田露伴《こうだろはん》の『連環記《れんかんき》』の後半だ。しばらく露伴先生の語るところを借用して、定基出家の経緯にふれてみたい。

定基の出家と入宋《にっそう》

定基はあるとき、三河の赤坂《あかさか》という駅の長《おさ》の娘力寿《りきじゅ》を見初め、ついに妻を離縁してまで手許において寵愛する。ところが、いつからともなく力寿は健康を害し、定基の懸命の介護やさまざまな療治、祈禱《きとう》のかいもなく、死んでしまった。愛惜やるかたのない定基は、力寿の死後もこれを葬ることができず、日夜そばに居続けたのだが、あるとき死者の口にくちづけをしたところ「あさましき香」が口より出てきて、ついにあきらめた定基は力寿のなきがらを葬ったというのである。世をはかなんだ定基は、ある日、雉子《きじ》の生き造りを調理させて見ていたとき、ついに堪えがたくなった。「声を立てて泣き出して、自分の豪傑性を否認して終《しま》つて、三河守も何もあらばこそ、衣袍取繕《いほうとりつくろ》ふ遑《いとま》も無く」都に出、官職位階をすべて辞して出家してしまった。定基は、保胤すなわち寂心《じゃくしん》のもとで出家し、寂照となるのだが、源信《げんしん》にも法を学んだ人で、本によっては、寂照は源信の弟子だとしているものもある。源信は、『往生要集《おうじょうようしゅう》』の著者としてよく知られているが、比叡山《ひえいざん》の横川恵心院《よかわえしんいん》にながくいたので、恵心僧都《そうず》とも呼ばれた碩学《せきがく》だ。わたしはかつて、横川には何度か行き、座禅を組ませてもらったりしていたので、その名にはとても親しみを感じている。

露伴の『連環記』は、この源信にゆかりの人物群像を描いた作品とも読める。寂照はその後、源信の書いた『台宗問目二十七条《たいしゅうもんもく》』なる書を携えて宋に渡り、三十年余をかの地で過ごして、ついに帰国することなく寂した。能の「石橋」は、寂照入宋の事実を踏まえての創作にほかならない。

名古屋城二之丸北庭の枯滝石組と石橋
紀州産自然石の石橋は長さ約2.5m、幅約60cm、厚さ約30cm。滝底から約4mの断崖上に架かる。
写真／大和田秀樹

＊1 浄土式庭園　平安時代から鎌倉時代にかけて造営された庭園の形式。浄土思想の影響を受け、極楽浄土の世界を再現しようとする考えから、西側に阿弥陀如来像を安置する阿弥陀堂を配し、前に池泉が広がる形を取る。

＊2 寂照　962?～1034。平安時代中期の天台宗の僧。988年に出家、寂心（慶滋保胤／よししげのやすたね）に師事し源信に天台教学を学んだ。1003年に中国の宋に渡り、目的を果たして日本に帰国しようとしたがとどまるよう要請を受け、呉門寺に住した。以後、在宋30年におよび、円通大師の号を贈られた。帰国せぬまま杭州で没した。

＊3 文殊菩薩　大乗仏教で知恵を司るとされる菩薩。梵名はマンジュシュリーといい、文殊は文殊師利の略称。中国では、天台山が文殊菩薩の住する清涼山とみなされ古くより信仰を集めていた。

＊4 天台山方広寺　天台山は中国浙江省天台県北部にある仏教の名山。標高1200メートル前後の山々に、かつて数多くの寺院が点在した。日本からも804年に最澄が入山したほか、円珍、栄西も天台山で修行している。方広寺は天台山の名刹。

壺中《こちゅう》の天地
——人間《じんかん》の小宇宙

京都と坪庭

庭園ということばから思い浮かぶのは、宮殿やお寺、城などに付随する大きな庭だが、日常わたしたちが接する庭はそうではない。住まいのわずかな空間に木を植え、石を配し、あるいは芝生に花を咲かせるというのが一般的だろう。そんな「庭園ではない庭」とでもいう存在のなかで、ときどきふっと心惹かれるのが坪庭である。

京都の古い家を訪ねたり、和風の旅館に泊まって、いい坪庭に出会うと、それだけで京都に来たかいがあったような気がする。やはり、坪庭は京都の町衆が育んだ文化のひとつだ。

坪庭には、これといってきまった形式はないようだ。わたしが見たなかでも、露地風の坪庭もあれば、禅院の枯山水《かれさんすい》*1を想起させるものもある。また灯籠《とうろう》や蹲踞《つくばい》*2を見どころにしたものもある。もともとふつうの民家の空間だから、家それぞれの形、広さに制約される。それだけに個

京都の西陣にある伝統的な町家の風情を残す巽（たつみ）家の坪庭。
写真／水野克比古

性があり、主人の好みなども端的に表われることになる。

しかし、家という人工物に取り囲まれた場所だから、建物との共存をはかりつつ、いかに自然を取り込み、住む人、訪れる人の心を和ませるかが生命となる。

季節感は日本の庭の重要なポイントだと思うが、坪庭にあってもそれは変わらず、小さな空間のなかで植栽をどう構成し、四季折々の景観を表現するかというのが、坪庭作りの眼目だろう。一本の楓がそれだけ真っ赤に紅葉していたり、冬の夜や朝、坪庭に積もった雪をガラス越しに見られるのは、それだけでたいへん贅沢な時であり、場でもある。

壺中の天地

坪庭の坪は、もともと壺である。囲われた空間というほどの意味だろう。『源氏物語《げんじものがたり》』の第一帖は「桐壺《きりつぼ》」という名がつけられている。ここでは「桐壺の局《つぼね》」という局（天皇の夫人のひとり）の名前として使われているが、本来は桐を植えた御所内の庭を指すことばだ。「つぼね」と訓《よ》むのも、壺の類縁語であることを示していよう。光源氏《ひかるげんじ》の理想の女性として描かれている「藤壺の局《ふじつぼ》」も同じで、藤の植えられた庭に面した部屋に住んでいる女性のことである。

ところで、中国人は別天地の喩えに壺ということばを使っている。「壺中の天地」とか「壺中の天」というのがそれで、文字どおり小さな空間という意味もあるが、しばしば仙境、安楽境を指して用いられる。これは後漢《ごかん》時代の次の話がもとだ。

ある役人が市中を歩いていると、ひとりの老人が薬を売っていたが、商売を終えると、店先に吊るしてあった壺のなかに入っていくではないか。これは不思議と、頼んで自分もなかに入れてもらったところ、なかには立派な建物があり、美酒に佳肴《かこう》もそろっている。そこでその老人と大いに酒を飲んで、壺から出てきたという。

この老人は壺公《ここう》という仙人だそうで、仙人が町中で商いをしているところがいかにも中国だが、なかなか楽しそうではある。壺は口が狭くなかは広い構造になっている。口を異界への結界と見て、そのなかに縮約された人びとの夢を描いたものだ。

縮景《しゅっけい》と小宇宙

狭い入り口から別世界に入り込む説話としては桃源郷《とうげんきょう》の話が人口に膾炙《かいしゃ》している。

これは後漢《ごかん》より少しあとの晋《しん》代のことだそうだが、陶淵明《とうえんめい》の『桃花源記《とうかげんき》』にはある漁師の見た桃源郷のありさまが次のように描写されている。

山に小口あり。……初めは極めて狭く、わずかに人を通すのみ。また行くこと数十歩、豁《かつ》然《ぜん》として開朗なり。土地は平曠《へいこう》にして、屋舎儼然《げんぜん》たり。良田、美池、桑竹《そうちく》の属《たぐい》あり。

渓谷ぞいに舟を操っていた漁師が道を失い、桃の林に出遭って奥に入ったところ、突然に美しい村が眼前した場面だ。驚く漁師に村人は家に招いて酒席を設け、鶏を料理してもてなす。訊くと、五百年も前の秦《しん》のとき、戦乱を避けてここに住み着き、外界と隔絶してしまったものだった。数日滞在して辞した漁師の話を聞いた郡の太守がその場所を探させるが、ついにわからなかったという。

庭が「三万里程を尺寸に編《あ》む」ものとすれば、それは天地を壺中に収めるのと似た発想で、身近に小宇宙を造り出すことにほかならない。こういった縮景の最たるものが盆石《ぼんせき》*3だろう。まさに尺寸のなかに砂を敷き、石を立て、そこにひとつの世界を表現しようとする。それは、人が自らが住む宇宙を理想化して手許に手繰り寄せようとする営みのように見える。

考えてみれば、庵居というのも、広からぬところに住みながら、胸中に壺中の天地を抱くことかもしれない。現実の地上に桃源郷を求めても、それはちょっとかなわぬ夢だ。

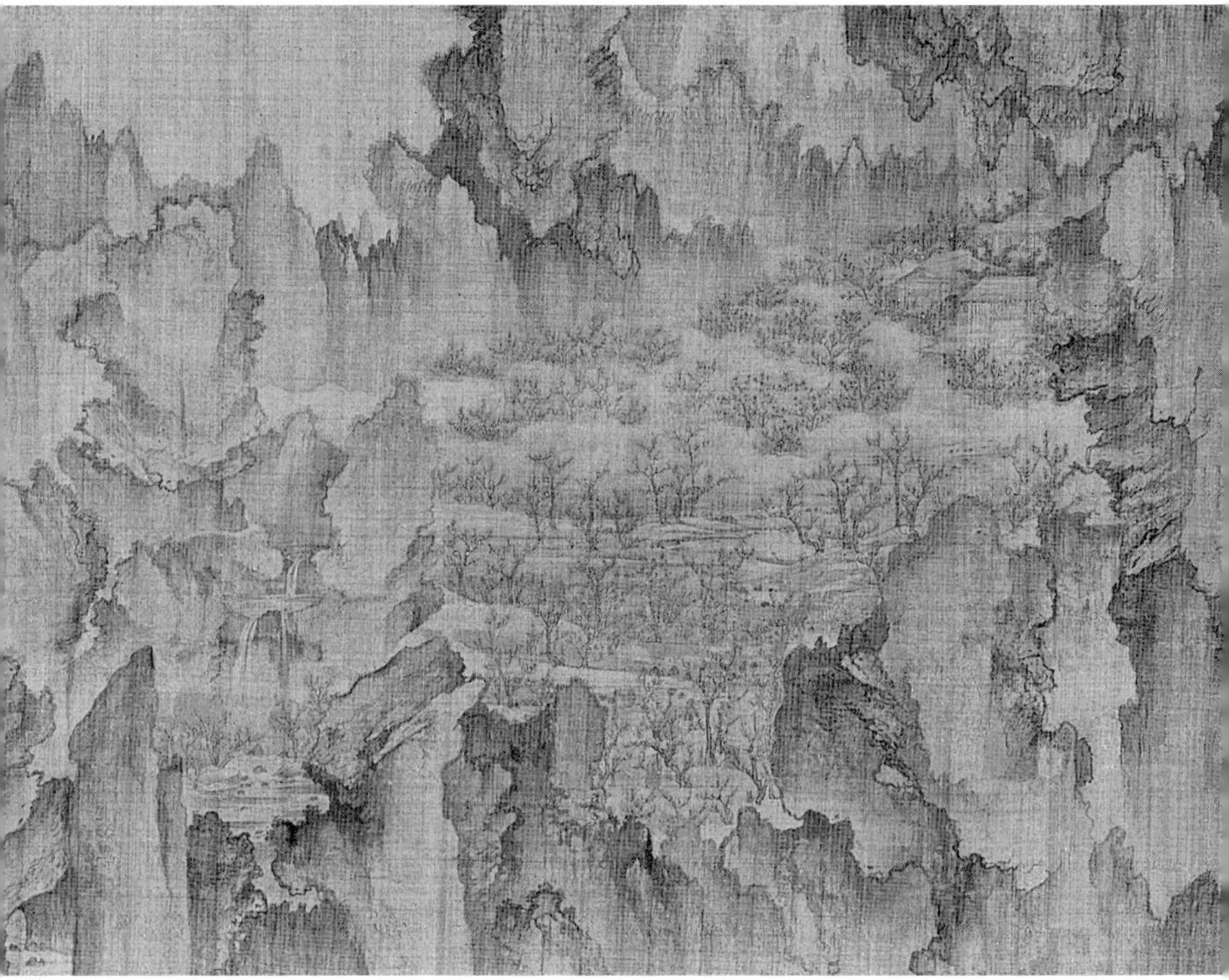

安堅《あんけん》筆「夢遊桃源図《むゆうとうげんず》」

陶淵明の『桃花源記』が下敷きになった桃源図。

天理大学附属天理図書館蔵

＊1 枯山水　水を一切使わず石や砂などにより山水の風景を表現する庭園様式。室町時代以降、禅宗寺院で盛んに作られた。西芳寺、龍安寺などの庭園が有名。

＊2 蹲踞　手水鉢を中心に、手を洗うために乗る前石、寒中に温かい湯を用意する湯桶石、手燭をおく手燭石、鉢からこぼれる水を受ける海から石組みが構成される。低く蹲（うずくま）って手水を使うところから蹲踞という。露地の茶室の前に組まれる。

＊3 盆石　黒い漆塗りの盆上に、数個の自然石をおき、9種類の砂を配して、大自然の景観を作り出す伝統芸術。当初は造園の際のひな型として使われていたが、次第に自然を再現する芸術まで高められ、武家や貴族に愛好されるようになった。現在、細川、遠山、石州の三流派がある。

第二章

庭を作る技、伝える技

四神具足《しじんぐそく》の地となすべし

四神相応《しじんそうおう》の地

人の居所の四方に木をうゑて四神具足の地となすべき事

現存する日本最古の庭作りの書とされる『作庭記《さくていき》』の「樹事」の初めにはこう書かれている。

「四神具足」というのは、もちろん東西南北の守りが備わっている地ということで、その四方を象徴するのが青龍《せいりょう》(東)、白虎《びゃっこ》(西)、朱雀《すざく》(南)、玄武《げんぶ》=亀(北)の四神だ。

地勢としては東に流水、西に大道、南(前面)に池、北に丘があるのが四神具足で、そのような土地柄に恵まれない場所に庭を作るときは、柳九本を東に、楸《ひさぎ》七本を西に、桂九本を南に、楡《にれ》三本を北に植えて、それぞれ青龍、白虎、朱雀、玄武に代えれば「四神相応の地」となって「官位福禄そなわりて無病長寿なり」と、『作庭記』の筆者はなかなか親切に説いている。しかし、どこまで実効があるかは書いていているご当人も確信がなかったようで、最後に「といへり」

と伝聞形にしているのは良心的というべきかもしれない。

『作庭記』にはまた、池に石を立てるときも、青龍の水を白虎のほうに出すように立てるのがよいと記されている。陰陽師《おんみょうじ》[*1]が活躍し、怨霊《おんりょう》におののいていた平安時代の貴族社会らしい記述だが、その基底にあるのは「蔵風得水《ぞうふうとくすい》」(風をため、水を得る)すなわち「風水《ふうすい》」の思想だ。[*2]これは、地中には「正気《せいき》」という強く正しいエネルギーのごときものが流れており、その気を妨げたり散らしたりしない場所がよいとする考え方である。風水は、もともと中国でお墓の位置を選択する法だったともいうが、家を建てるときはもちろん、都城を築く際に重要な指針とされたことはよく知られている。『作庭記』の述べるところは、それの庭への適用である。

代償景観としての庭

日本でも、唐《とう》の長安《ちょうあん》に倣《なら》って奈良の都を定めるとき、平城《へいじょう》の地が四禽《しきん》図すなわち四神にかなっていることが理由として挙げられているし、平安京(京都)もまたいかにも風水の地であることは、少し高みに登って市中を見渡せば実感できる。韓国のソウルも京都に似た地形で、朝鮮王朝建国の際、風水説によって都の地が選ばれたそうだ。

ところで、日本の景観が年々に悪化しているように感じるのはわたしだけではないだろう。古い景観が残っていることがいちがいにいいわけではないが、どこの海岸に行っても目につく

高松塚古墳壁画に描かれた東壁・青龍（上）と北壁・玄武（下）
西壁に白虎、南壁に朱雀、天井には星座が描かれる。
写真提供／便利堂　明日香村教育委員会

のはテトラポッドばかりだし、河川の岸辺も用水路か排水路みたいにコンクリートで覆われている。閑居するようになって、旅に出ることも多いが、行く先々で風景というものが失われていきつつあることを痛感する。安全と機能ということを優先させた結果だといえばそれまでだが、もう少し景観美を生かす方向がなかったかと思わずにいられない。わたしも熊本県知事時代には、自分なりに景観の保持に心をくだき、「熊本アートポリス計画」を進めたりしたが、そのころ、参考にさせて頂いた樋口忠彦《ひぐちただひこ》氏の著書『日本の景観　ふるさとの原型』（春秋社）には、景観と都市や庭にまつわる次のような一文がある。

日本の庭園が盛行したのは……中国にならって方形碁盤目状の都市がつくられ、高い築地《ついじ》をめぐらした区画の中に日本人が棲むようになってからではないかと思う。一つの代償景観である。都市全体としてみれば、風水理論に叶《かな》った「蔵風得水」型の景観であっても、個々の区画においてそれを満たすことは難しかった。従って、方形碁盤目状の区画の中で湧水《ゆうすい》があり、眺望がある所を競って求め、山の辺の代償的な景観をつくりだすか、都市を離れた山の辺に離宮や別荘を営むかであった。

これがいまも残る京都近辺の名庭の原点だというのだが、先の『作庭記』の教えは、まさに

「個々の区画においてそれを満たすことは難しかった」現実をどう処理するかという方法にほかならない。その方法たるや、いまのわれわれから見るとおまじないのように思えるが、風水そのものは案外に合理的なものとも考えられる。

北半球では寒い北風を遮ってくれる山があることはありがたいし、東南の水は朝昼の生活に便利だ。通行の主力はその三方とは別の西にあれば、ほかの邪魔にもならず、夕方遅くまで明るいだろう。こう考えれば、風水にかなう土地というのは、それなりに生活の快適、都市の結構に適した立地である。視覚にしろ聴覚にしろ、はたまた味覚にしろ、人の美感が快感体験の集積あるいは公約数という一面を持つものならば、風水思想に則した庭も、官位福禄、無病長寿はともかく、それなりに人の美感に沿う、理にかなったものといえるのかもしれない。

＊1 陰陽師　古代日本の律令制の下において中務省の陰陽寮に属した官職のひとつ。中国の陰陽五行思想に基づいた陰陽道によって、占術・呪術・祭祀を司るようになった。

＊2 風水思想　古代中国の自然観のひとつ。墳墓や都市、住宅などを造るときの位置の吉凶禍福を、地勢や陰陽の気などを考慮して決定した。そこに住む生者の繁栄と死者の永遠の幸をもたらす自然環境を求めようとするもの。

龍安寺《りょうあんじ》の襖絵《ふすまえ》と庭

龍安寺を訪ねる

龍安寺の庭の石を洗ったと聞いて、久しぶりに石庭を拝見に同寺を訪れた。最後にここを訪れたのは、日時はおろか、季節さえ記憶に定かではないずいぶん昔のことだから、印象も薄れてはいるが、白い砂と黒い石の明快な対比は脳裏に残っている。それは、わたしの思う禅庭のひとつの典型であり、厳しい修行の場にふさわしい禁欲的な佇《たたず》まいとして記憶にあった。

今回、あらためてその庭に対したとき、右の印象は変わらなかったが、白と黒との鋭い対立感は薄れ、むしろ白砂にも淡い彩りがあり、洗われた石には青、灰色、褐色などそれぞれの色があって、砂地と石組がより軟らかくハーモニーを奏でているような感じを受けた。とくに面白かったのは、一五個のひとつひとつの石の表面で、形、色だけでなく、凹凸、しわにも個性があり、中国絵画にいう皴法《しゅんぽう》*1のいろいろを見る趣がある。作庭者がそれらを勘案しながら、砂上に配置していったさまをわたしなりに想像することができた。大仙院《だいせんいん》*2の庭の石にはそれぞれに名前がついているそうだが、龍安寺の庭石もひとつずつに名前があって不思議ではない表情をもっているようだ。

石の「こはん」

日本における庭作りのもっとも古い文献とされる『作庭記《さくていき》』には、最初に「石をたてん事」と石組の大要を叙し、全体にわたって石立ての方法が事細かに述べられている。地形により池のすがたにしたがって、また「生得の山水（自然の風景）」を思い浮かべて立てよ、とか、国々の名所を思いめぐらして、面白き所々をわがものになして素直に立てよ、といったところはもっともだが、わたしがなかでも興味を引かれたのは、「その石のこはんにしたがひて立てる」ということだ。

「こはん」は「乞」で、現代風にいえば「要請」ということである。石がこうしてほしい、というところを見出して、それにしたがいなさいと教えているわけで、それは先の「素直に立てる」ことにも通じるし、なによりもひとつひとつの石のありようをよく見定めなければならないということだろう。優れた彫刻家は、素材となる木や石のなかに、それ自体が蔵している像を見て、それを彫り出していくのだという話をどこかで読んだことがあるが、これに通じるところがある。やきものでもそれぞれの土の性格をよく知り、それにふさわしい造形、焼き方

京都・龍安寺石庭
一面の白砂に大小15の石のみ。小さい庭ながら広大な世界が表現されている。
写真／牧野貞之

をしなければいいものはできない。土の「こはん」にしたがわなければならないのである。『作庭記』は平安時代の浄土教的な庭作りを述べたものだが、禅庭にも通じるところが多々あるようだ。

方丈と庭

龍安寺の庭は、しかし浄土教的な、また貴族的な回遊式のものではないばかりか、足を踏み入れるものでもない。最初からそうだったのかどうかは知らないが、少なくとも現在では方丈と庭のあいだの廊から眺める庭である。石にもとからの色が蘇ったといっても、それは人工彩色とは程遠い、静かな彩りだから、黒ずんだ廊下の板や、やはりほの暗い方丈とマッチして、哲学的な想いに見る人を誘い込む。それはそれで、日本の禅寺のありようを示していて、まことに好もしい。しかし、江戸時代の一時期、石庭は違った雰囲気のなかにあったようだ。

わたしが首相であった一九九三年（平成五）十一月に、シアトルでAPEC首脳会議が開かれたことがある。そのとき歓迎レセプションが開かれた当地の美術館で、かつて龍安寺を飾っていた襖が屏風《びょうぶ》となって展示されていた。なにせ、ほとんど寝る間もなく飛行機に乗り込み、機中でも分厚い資料に目を通したりして、各国首脳との会談に臨むようなハードスケジュールだったから、そのときは美術を味わう余裕など、時間的にも心理的にもまったくなく、じつは

シアトル美術館の展覧会場で龍安寺旧蔵の襖絵の前に立つ著者(1993年)。

その展示のことはすっかり忘れていたのだが、龍安寺でそのとき新聞社のカメラマンが撮った写真を見せられて、少し記憶が蘇った。

当時の周囲の説明では、細川幽斎《ほそかわゆうさい》*3が龍安寺に寄進した絵だということだったが、それは間違いだったらしい。案内をしてくれた龍安寺のIさんのご教示によると、現在の方丈は、一六〇六年（慶長一一）に織田信長《おだのぶなが》*4の弟信包《のぶかね》*5が建てた西源院《せいげんいん》の方丈を、龍安寺が一七九七年（寛政九）に火災にあったあとに移築したものだという。明治以降にその襖絵は流失し、シアトルのほか、ニューヨークのメトロポリタン美術館やロンドンなどに散逸してしまった。

絵は金箔《きんぱく》をふんだんに使った狩野派《かのうは》*6の彩色画で、唐様《からよう》の図柄である。創建当時の龍安寺の方丈がどのように飾られていたのかは知らないが、現在は立派な水墨の龍が襖の画題で、石庭とよく釣り合っている。しかし、桃山風の障壁画に囲まれて石庭を眺めるのも、それはそれで別種の面白さがあったに違いない。それもまた、歴史のなかの龍安寺の石庭だ。

＊1 皴法　中国画や日本画で、山岳や岩などを描くときの技法。披麻皴（ひましゅん）、斧劈皴（ふへきしゅん）などさまざまな技法が生まれている。

＊2 大仙院　京都大徳寺の塔頭。大徳寺76世住持の古嶽宗亘（こがくそうこう）が、1509年（永正6）に開いた。大仙院方丈は室町時代の国宝建築で、その庭は名石尽くしの枯山水が作られている。

＊3 細川幽斎　1534～1610。近世細川家の祖。足利義輝に仕え、15代将軍足利義昭の擁立に尽力する。のちに織田信長の臣となり豊臣秀吉にも重用される。古今伝授を授けられ近世の歌学を大成させた文化人でもある。

＊4 織田信長　1534～1582。戦国時代の武将。尾張国の戦国大名・織田信秀の次男として生まれる。幼少から青年期にかけて奇矯な行動が多く、「尾張の大うつけ」と称された。桶狭間の戦いで今川義元の大軍を破るなど次第に頭角を現わし1568年、第15代将軍足利義昭を擁立して織田政権を誕生させた。有力大名、寺社勢力によって包囲網が敷かれるが、それを次々と平定し天下統一を目前にする。しかし、1582年、逗留していた本能寺を、突如、明智光秀が急襲。信長は自ら火を放ち炎のなかで自害したと伝えられている。

＊5 織田信包　1543～1614。織田信秀の子で織田信長の弟。信長にしたがって各地を転戦する。近江小谷城で浅井長政を滅亡させたとき、その妻女であったお市、その娘・茶々らを保護している。越前一向一揆の鎮圧、伊賀攻めにも参加し、織田一族の重鎮として厚遇された。

＊6 狩野派　日本絵画史上最大の画派。室町幕府の御用絵師となった狩野正信を始祖とし、元信、永徳、探幽、山楽らを輩出し室町時代中期から江戸時代末期まで400年にわたって、つねに画壇の中心で活躍した専門画家集団。

至楽《しらく》は従来市中《しちゅう》の隠

天生の風顛《ふうてん》

枯山水《かれさんすい》の代表といえば龍安寺《りょうあんじ》の石庭をあげる人が多いが、その作庭者については議論がある。寺の創建者である細川勝元《ほそかわかつもと》*1、東山文化の代表的人物相阿弥《そうあみ》*2などが有力な候補だが、般若房鉄船《はんにゃぼうてっせん》だという説もある。石庭の造成には長い年月を要しているので、これらの人々がそれぞれの局面で関わっての作庭だったということかもしれない。

その般若房鉄船には、なかなか面白い肖像が残っている。墨染めの衣に脚絆《きゃはん》、草鞋《わらじ》という姿で、片膝を立てて尺八を吹いている温容はいかにも自在な感じがする。鉄船は、京都の多福院《たふくいん》で八十四歳を以《も》って寂するが、もともと龍安寺開山・義天玄承《ぎてんげんしょう》*3の弟子で、僧としての名を春《しゅん》渓宗煕《けいそうき》という。ところが中年にして故郷の美濃《みの》（岐阜県）鵜沼《うぬま》に帰り、還俗《げんぞく》して般若房と号し、そこで後半生の大部分を過ごした。そのきっかけについてはエピソードがある。

龍安寺の作庭に携わっていたときのことかとされるが、ある日、寺の門板に「普請頻頻《ぶしんひんぴん》　参

学少なし　天生風顚」と大書した。普請というのは大規模な作務《さむ》のことで、造園工事とは限らないが、僧としての学問修行をする時間があまりにも少ないという不満をぶつけたものだ。これで師の義天の怒りを買って帰郷したというのだ。義天は「日々、作務す。雨雪といえども休まず」という人だ。生まれながらの風顚と称する不羈奔放《ふきほんぽう》の弟子に、ひとつ痛棒《つうぼう》をくらわしてやろうとしたのかもしれない。

閑中の日月

鵜沼では、般若房は市隠斎《しいんさい》と号する住まいに隠棲し、そこでも庭を作ったようだ。その『仮《か》山水譜并に序《さんすいふならび》』にいう。仮山水とは庭のことである。

凡《およ》そ富家の仮山水に於《お》けるや、必ず力を担夫に借り、労を傭者《ようしゃ》に償いて、金を与え、穀を分かつ。……月を累《かさ》ねていまだこれを成さず。まことに貧家のよく為すところに非《あら》ず。余、山水の愛ありといえども、しかも金穀の蓄えなし。これによりて、自ら石を曳《ひ》きて労を忘れ、自ら土を搬《はこ》びて倦《う》むことなし。

富豪の庭に対して貧家の庭のあり方を説き、庭作りは金力でなく、その人の造形力によるものだと、金にあかした他人任せの造園に一矢を放っている。自分で石や土を運んで倦むことがない、というのだから、先の寺門の落書きも、単に庭作りの労働を嫌ってのものではない。京での仕事のあり方になにか意に染まぬことがあったのかもしれない。さらに「閑中の日月、熱き時は熱く、寒き時は寒し。本地の風光、山は是《こ》れ山、水は是れ水」とか「樹はおのおの高、下、短、長で、その義は父子に等しく、石はおのずから方、円、大、小で、道が君臣にかなう」ともいっている。やや道学《どうがく》めいた修辞を取り払うと、鉄船の庭の要諦《ようてい》は、山水に対する愛から発

般若房鉄船像
鉄船は尺八も得意だったという。

して、その素材をできるだけ自然に庭に生かそうとするものだったのではないだろうか。「三万里程を尺寸に編《あ》む」という彼の有名なことばも、そういった文脈で味わうべきものだと思う。

仁智の作庭

鉄船が鵜沼で閑居を楽しんでいたところに、応仁の乱を避けた万里集九《ばんりしゅうきゅう》*4が近江《おうみ》を経て転居してきて、梅花無尽蔵《ばいかむじんぞう》という名の庵を構えた。万里集九は相国寺《しょうこくじ》*5に学んだ五山文学*6の俊秀である。般若房も諸事に通じ、詩文をよくしたから、ふたりの交友は深いものがあった。その万里集九が般若房を評して「市隠般若鉄船翁、襟懐《きんかい》に月を挟み、眉宇《びう》に春を帯ぶ。……平生、世に出るを嫌う」といっている。そして、その作庭について、「後世の庭作りの人は、翁の作った山をみては翁は仁者だといい、その水をみては翁は智者だというに違いない」と述べている。

鵜沼に近い御嵩《みたけ》の愚渓寺《ぐけいじ》という寺は、義天が一時閑居していた「愚渓庵《ぐけいあん》」が発展したもので、旧址が現在の寺の裏山にある。そこには庭の跡があって、わたしが訪れたときは夜来の雪の残る日だったが、杉木立の木漏れ日が臥龍石《がりょうせき》といわれる七つの石をひっそりと照らしていた。この庭が作られた時期、鉄船は義天に付き従っていたはずだ。龍安寺の庭の原型と見えなくもないここそこで、若き日の鉄船は義天の目を感じながら、石を曳いていたのだろう。

義天や般若房、そして万里集九の生きた時代は応永《おうえい》、応仁《おうにん》の乱が相次ぎ、世は年々歳々、戦国へと傾斜していったころだ。わたしはかれらの交流の残影を廃庭に見たと思った。左は鉄船との交友のなかから生まれた、楽の極みは市中に隠棲することだという万里集九の詩の一節である。

至楽は従来市中の隠
桃は紅雨を吹いて兵塵《へいじん》を避《さ》く

＊1 細川勝元　1430〜1473。室町時代の武将・守護大名。三管領のひとつである細川氏嫡流・京兆（けいちょう）家の当主。当初結んでいた山名宗全と次第に対立し始め、足利義視（よしみ）と義尚（よしひさ）の将軍職の後継争いにおいて対立を激化させ、京都を焦土と化した応仁の乱を引き起こした。禅を信仰し、龍安寺や竜興寺を建立した。

＊2 相阿弥　生年不詳〜1525。室町後期の画家。足利義政に仕えた同朋衆。祖父・能阿弥、父・芸阿弥とともに三阿弥といわれる。書画・唐物の鑑定や座敷飾り、連歌、作庭など多方面に才能を発揮した。

＊3 義天玄承　1393〜1462。室町時代中期の臨済宗の僧。18歳で出家し、建仁寺や尾張国の瑞泉寺で修行した。その後は諸寺をめぐって参禅し、妙心寺、大徳寺を歴住した。龍安寺の開山でもある。

＊4 万里集九　1428〜没年不詳。室町時代の禅僧、歌人。京都相国寺で修行するが、応仁の乱で相国寺が焼失すると京都を離れ還俗する。

＊5 相国寺　足利義満が後小松天皇の勅命を受け、1392年に完成した禅刹。夢窓国師を開山とする。京都五山の第2位に列せられており、五山文学の中心地であった。画僧・周文や雪舟は相国寺の出身である。

＊6 五山文学　鎌倉時代末期から室町時代にかけて五山禅林で行なわれた漢文学。五山とは、五つの臨済宗の大寺院を意味し、幕府の定めた寺格の最上位を占めるもの。五山文学隆盛期の双璧と称されるのは義堂周信（ぎどうしゅうしん）と絶海中津（ぜっかいちゅうしん）。

かぐや姫の宿る庭

『竹取物語《たけとりものがたり》』の風景

竹と松は新年の飾りにも使われ、日本人にもっとも親しい植物といっていい。ともに常緑で、永世不変を象徴するものだろう。竹はまた、梅、蘭、菊とともに四君子《しくんし》とされ、文人の友だ。しばしば画の主題になる。中国の「竹林《ちくりん》の七賢《しちけん》」＊1もよく知られている。しかし、多くの日本人にとって、竹ですぐ思い浮かべるのは『竹取物語』ではなかろうか。

『竹取物語』は、日本文学の根っこに位置するような昔話の原型だろう。「いまはむかし、たけとりの翁《おきな》といふものありけり」という書き出しの一行だけで、人ははるかなおとぎの世界に誘《いざな》われる。子どものときから、だれしも耳で聞き、絵本や芝居で親しんできた物語だが、いま改めて読み返してみると、かぐや姫が言い寄る貴公子たちに出した「蓬萊山《ほうらいさん》にある木の枝」だとか「唐土《もろこし》の火鼠《ひねずみ》の皮衣《かわぎぬ》」などといった難題などにも、子ども時代とは違った別種の興味が湧《わ》いてくる。

それはともかく、竹は古くから日本人の日常生活に欠かせない植物だった。かつてのわれわれの周囲には竹藪が至るところにあり、たけとりの翁は、「野山にまじりて竹をとりつつ、よろずのことにつかひけり」という、古代以来の日本の庶民を代表するような人物だ。洗濯物を干す竹竿や台所の洗い籠が合成樹脂製品に代わってしまった昨今では、竹製品が身近から少なくなりつつあるが、わたしの記憶でも、竹籠などの竹細工をする人たちはどこの村や町にもいたものである。

竹からの幻想

しかしなんといっても、『竹取物語』が千年を経て色あせないのは、竹のなかから美しい姫君が生まれてくるという、その発想だろう。いまさら説明するまでもないが、たけとりの翁が、いつものように竹を伐《き》りに竹林のなかに入っていくと、光を発する一本の竹に出会い、そこから三寸ばかりの稚児を発見するというのが発端だ。思えば竹林のなかの光は格別で、直立する多くの竹のなかを斜めに光がさすときの光景は、日常的でありながら神秘感にあふれている。翁が妻の嫗《おうな》とこの稚児を育て始めると、次々に黄金の入った竹を発見し、翁は豊かになっていくのだが、竹林のなかの光はそんな連想を誘っても不思議ではない。

竹と富といえば、中国の『捜神記《そうしんき》』という晋《しん》代（三〜四世紀）の本に次のような話が載っている。一〇七年（永初元年《えいしょ》）というから、後漢《ごかん》時代のことだ。

ある日、江西省《こうせいしょう》の陳臣《ちんしん》という大金持ちが書斎に坐っていると、邸内の竹藪の竹から身の丈《たけ》一丈《じょう》もある異相の男が出てきた。そして、長年ここに住んでいたが、いまお前と別れることになったといった。男が去ってから、陳家には不幸が続き、一年のあいだにすっかり貧乏になってしまった。

かぐや姫とは相反する話だが、中空の竹のなかに富の源があるという点では『竹取物語』と共通する。竹は繁殖力が旺盛で、そこに繁栄を仮託したものかもしれないが、中国でも日本でも、それだけ竹は人びとの生活に重要な役割を果たしていたということだろう。もっとも同じ竹でも「竹の子生活」というと、売り食いの状態をいうから面白い。

いまに生きる庭師の心

竹はいまも庭の植栽としてよく使われ、垣根の材料としても欠かせない。光悦寺垣《こうえつじがき》*2などはその代表だが、桂離宮《かつらりきゅう》の生きた淡竹《はちく》を曲げて葉先で構成する桂垣《かつらがき》は、自然と人工を極めた技術がないとできないものだ。しかし、桂離宮の庭の管理をしておられる川瀬昇作《かわせしょうさく》さんのお話を聞いていると、竹に対する愛情と忍耐がなければ、技術だけではこういう垣根は維持できないことがわかる。竹に限らないが、およそ植物は休みたいとき、伸びたいときを察してあげなければいけない、と川瀬さんはいわれる。子育て、人間教育と基本は同じことだ。

平安時代の庭作りの書である『作庭記《さくていき》』では石が主役で、竹のことは出てこないが、竹が古代から住まいとともにあって、人びとの目や耳、心になにかを訴えてきたことは間違いない。『万葉集《まんようしゅう》』にはいくつもの竹の歌があるが、大伴家持《おおとものやかもち》*3の次の詠《うた》は好きなもののひとつだ。

わが屋戸《やど》のいささ群竹《むらたけ》吹く風の
音のかそけきこの夕《ゆうべ》かも

茶湯にも竹はよく使われる。茶杓《ちゃしゃく》、茶筅《ちゃせん》はもちろん、青竹を切ったばかりの蓋置《ふたおき》などもそうだ。わたしも竹の

竹林を前に語り合う川瀬昇作さん（左）と著者。

桂《かつら》垣《がき》の裏側（上）　桂垣の表側（下）
桂垣は庭園内に生育した淡竹をたわめて引っ張り、土台となる建仁寺垣にねじるように差しかけて葉を編み込む。60cm間隔で、約550本の竹が使用されている。
写真／中田　昭

茶具に興味があり、近ごろは京都にいい竹を探しに出かけ、花入《はないれ》に切ったり、茶杓を削ったりして楽しんでいる。竹は閑居の友のひとつでもある。

＊1 **竹林の七賢**　中国の後漢末ごろ、世俗から離れ竹林の下に集まり、文学を愛し酒や囲碁や琴を好み、清談を楽しんだ7人の知識人に与えられた総称。

＊2 **光悦寺垣**　本阿弥光悦が創作したといわれる京都の光悦寺に由来する透かし垣の一種。垣は枠を半月状に曲げてそのなかにひし形の格子を組んでいる。

＊3 **大伴家持**　718?～785。『万葉集』末期の代表的歌人・政治家。大伴旅人の子。作品は『万葉集』中もっとも多く、長歌・短歌など473首（479首と数える説もある）が収められている。『万葉集』の編纂に関わったと考えられており、万葉集の防人歌の収集も彼の功績である。一方、大伴氏は武門の家で、さまざまな政争に巻き込まれることが多く、政治家としては不遇であった。

修《しゅう》学《がく》院《いん》の舟と船造り

琵《び》琶《わ》湖《こ》畔《はん》の船大工さん

修学院離宮を訪れたとき、上離宮の浴龍池《よくりゅうち》に月見の舟がもやっていた。もとは仙洞御所《せんとうごしょ》[*1]の池にあったものだという。古風な木造の風情に惹《ひ》かれて、どなたがこういう舟を造っているのかと案内いただいた方に尋ねると、幸い造り主が琵琶湖のほとりにご健在だという。さっそく、ご都合をうかがって、お訪ねした。

船大工の松井三四郎《まついさんしろう》さんは一九一三年（大正二）のお生まれだから、すでに九十を超えたお歳だが、小柄ながら引き締まった体はなお矍鑠《かくしゃく》として、いまも自らの造船所で毎日仕事をされている。この辺りでは造船所やその仕事に携わる人のことを「船屋《ふなや》」というそうだが、松井さんは十二歳のとき「お前も船屋やれ」といわれ、修業に出された。途中で出征した折の若干の空白はあるが、以来八十年にわたって琵琶湖やその周辺の船を造り続けてきたことになる。ながくやることがかならずしもすべて尊いわけではないが、ひとつのことを八十年続け、いまなお現役であるのは偉業というほかなく、頭の下がる思いだ。

以前、西本願寺飛雲閣《にしほんがんじひうんかく》の前の滄浪池《そうろうち》に和船を浮かべたという新聞記事を見たことがあるが、それも二〇〇〇年の夏に松井さんの手によって復元したものだそうだ。飛雲閣は豊臣秀吉《とよとみひでよし》*2が造った聚楽第《じゅらくてい》*3の遺構を移建したとされ、かつては池に囲まれていたというから、船は必須のものだった。

マキナワと釘

松井さんからはいろいろと木造船のことを教わったが、なかでも興味ぶかかったのは、マキナワである。漢字なら槇縄《まきなわ》と書く。だいたい淡水用の船は総槇《そうまき》で造るのが最上だそうだ。槇は淡水に漬けた際、樹木のなかでもっとも腐食しにくい。マキナワは、その腐りにくい槇の樹皮を細く裂いて撚《よ》り合わせて縄状のものを作り、それを船体を構成する板の合わせ目に、サキヤリという竹篦《たけべら》と木槌《きづち》で打ち込んでいく。合わせ目から入ってくる水はマキナワに吸収されて、それ以上の浸水が防げる。いまでは、槇の皮を集めるのもたいへんで、たいていは檜《ひのき》の甘皮で代用するという。

船に使う大小の釘も見せてもらった。昔は地場の小鍛冶《こかじ》があって不自由しなかったが、いまはこういう釘まで松井さんのところで作っているそうだ。伝統の技術は、それを支えていた細

「修学院離宮図屏風」(京名所春秋図屏風)
修学院離宮でいちばん高いところにある浴龍池での舟遊び。
写真/田畑みなお

部から絶えていくことをあらためて実感した。

琵琶湖周辺といえば思い起こすことがある。それは蒔絵《まきえ》に使う筆のことだ。これにはネズミの背の毛で作ったものがいちばんいいのだそうだが、最近の町中のネズミは人間と同じく肥満気味で、下水道往来のため背中の毛が擦り減って、いい毛が取れないという。そこで、わざわざ琵琶湖の畔《ほとり》の廃船でネズミを飼って、筆用の毛を調達していたという話を聞いたことがある。まことに気の遠くなるような話で、でき上がった蒔絵だけを眺めていたのでは、その陰に費やされた膨大な時間や苦労をついつい見過ごしてしまう。

伝授ということ

松井さんの造船所の裏はすぐ琵琶湖の湖水で、かつては近くに小さな港がいくつもあったそうだ。本来の松井さんの仕事は、舟遊びの舟を造ることではない。農業船や漁師船、そして丸《ま》子《こ》船《ぶね》という運搬用の船などを造るのが主な仕事だった。修学院でわたしが見たのは、川船の形だそうだ。丸子船は、北陸の米を畿内に運んだり、砂利や石、薪柴《しんさい》を運搬する琵琶湖に欠かせないものだった。戦後二十年くらいまでは瓦《かわら》用の土を運ぶ丸子船が帆をかけて走ってましたと、松井さんは懐かしげである。

琵琶湖博物館によると、一九九三年（平成五）の時点で、琵琶湖とその周辺にあった木造船

松井さんが建造した丸子船
丸太をふたつ割りにして胴の両側につけた琵琶湖独特の帆船。
写真／滋賀県立琵琶湖博物館

松井三四郎さんの説明を聞く。

は六六七隻、しかもその四割は船と呼べるような状態をとどめておらず、保存されているものでも日常的に使われていたのはごくわずかだったという。わたしがしばらく前に湖北を旅したとき目にした船も、ほとんどが鉄か強化プラスティックで船体を造ったものだった。いまでは生きた木造船はさらに微々たるものになっているに違いない。

松井さんが八十代半ばだったころ、琵琶湖博物館の依頼で、丸子船を造ったことがある。丸子船を手がけるのは五十年ぶりのことだったが、造り方は全部覚えていて、自然に頭に浮かんできたという。匠《たくみ》の技とはそんなものだろう。かつては舟にしろ建築にしろ、設計図というものはなかった。体ごと、まるごと身についてしまっているのだ。日本は昔から「伝授」ということをいう。工芸に限らず、武芸でも文芸でも同じことである。それは師の体内に蓄積されたながい伝統を、弟子の体内に引き継ぐような作業で、何年間か学校で教育を受けたから資格が取れたというのとはまったく異質のことだ。

幸い松井造船所では息子さんとお孫さんが業を継いで、日夜、松井さんの技を身近で吸収しており、まことに頼もしい。しかし、木造船を琵琶湖に走らせる経済基盤はもはや急速になくなっていて、こればかりはいかんともしがたい。修学院といい、飛雲閣といい、庭園の池がわずかでも古い技術を見せる舞台となっているのは庭の一徳かもしれない。

（松井三四郎さんは二〇〇六年に亡くなられた由である。ご冥福を祈る。合掌。）

＊1 仙洞御所　元来「仙洞御所」は、退位した天皇（上皇・法皇）の御所。京都御苑内にある仙洞御所は1627年に後水尾上皇のために造営されたもので、正式には桜町殿という。作事したのは小堀遠州（こぼりえんしゅう）。

＊2 豊臣秀吉　1537～1598。戦国時代から安土桃山時代にかけての武将、戦国大名。生まれは尾張国の半農半兵の家。はじめ木下藤吉郎と名乗り織田信長に仕えることによって頭角を現わす。信長が本能寺の変で明智光秀に討たれると、山崎の戦いで光秀を破り、信長の後継者となる。その後、関白に任ぜられ1590年には天下統一を成し遂げた。

＊3 聚楽第　関白になった豊臣秀吉が1587年に京都に造った政庁兼邸宅。堀をめぐらした平城だったが、瓦には金箔を貼るなどたいへん贅沢な造りの大邸宅だったといわれている。そのため天正少年使節や徳川家康の謁見にも使われた。邸内には側近をはじめ千利休などの屋敷も造られていた。

藤波《ふじなみ》いま咲きにけり

日本の古代と藤

日本の姓は、遡《さかのぼ》ればたいてい源平藤橘《げんぺいとうきつ》に収斂《しゅうれん》することになっている。細川の出自は源氏だが、この四系のなかでもっとも一般的なのが藤原系で、藤のつく姓は藤原をはじめとして藤井、藤本、藤野などなど、ちょっと指折り数えるだけでもかなりの数になる。樹医さんとして知られる塚本《つかもと》こなみさんによれば一四一種あるそうだ。家紋も同じ数あるという。

そこから塚本さんは「日本の花は、桜以前は藤だったのではないか」と推察しておられる。衣服の素材も麻の前は藤で、その繊維で織った布を藤布《ふじふ》というそうだが、わたしはまだどういう布か見たことがない。いまでは作る人もないようだが、技術を復元して藤の花や木から採った染料で染めたらいい味の布ができそうだ。

庭に藤が植えられるようになったのはいつからのことか知らないが、『万葉集《まんようしゅう》』では山部赤人《やまべのあかひと》＊1の歌に次のようなものがある。

恋しけば形見にせむと我がやどに
植ゑし藤波いま咲きにけり

恋しくなったら形見にしようと自分の家に植えたというのだから、これは庭の木といっていい。植栽としてもかなり早くから使われていたのではなかろうか。この歌は妻恋《つまごい》で、花言葉でも藤に恋愛の意があるのは、その花の紫や白が恋心の切なさを連想させるからに違いない。

『源氏物語《げんじものがたり》』に出てくる藤壺《ふじつぼ》が御所内の藤の庭に面した部屋の名であることは前にふれたが、飛香舎《ひぎょうしゃ》ともいい、平安時代にはここで「藤波の宴」が開かれていた。寄り集った公達《きんだち》や女房たちは花の色とともに香りも堪能《たんのう》したことだろう。『枕草子《まくらのそうし》』には「めでたきもの唐錦《からにしき》。飾り太刀。……色合ひ深く、花房長く咲きたる藤の花、松にかかりたる」とあって、清少納言《せいしょうなごん》*2も藤を賞《め》でたことがわかる。

足利の藤と藤守人

ところで浜松（静岡県）在住の塚本さんは近ごろ足利通いの日々だそうだ。それは「あしかがフラワーパーク」の園長さんでもあるからで、そこには四株の巨木をはじめとして二八〇本

「あしかがフラワーパーク」の大藤
枝を広げた大きさは600㎡。パークへ移動させるときはトレーラの大きさに合わせて枝切り、根切りをした。

の藤が植えられているという。花の季節にはさぞ壮観だろうから、一度見てみたい。

塚本さんがこのパークと縁を結んだのは、もともと別の場所にあった四株の藤を移動することを頼まれたのがきっかけだったそうだが、藤の話を始めると熱がこもり、いまでは、わたし流にいえば立派な「藤守人」である。いくつか面白い話を聞かせてもらった。そのうちの二、三を紹介する。

藤の幹は案外なことに腐りやすい。一度傷がついたら治らないというほどだそうだ。先の四株の巨木も移動自体がむずかしいうえに、移動中に傷をつけてはたいへんだというところから、なかなか動かそうという人がいなくて塚本さんにお鉢がまわってきた。結局、幹に石膏の包帯《ギブス》を巻いて、ロープをかけ、クレーンで引き揚げてトレーラーに移した。直線で六、七キロのところを、根切り、枝切りなどの準備を含めると二年がかりの引っ越しだったという。

藤は自立できない木だ。長い蔓を伸ばして周囲の木に絡みつくのはそのせいで、ほかの木を絞め殺してしまうこともあるという。わが不東庵《ふとうあん》の庭にも藤があり、蔓を切って籠を編んだり、生け花に使ったりもしているが、近ごろ見ると、桜の幹にまで巻きついていて、ほおっておくと桜が絞め殺されかねないので植木屋さんに切ってもらった。こうなると、恋は恋でも悪女の深情けといったところだろう。清少納言《せいしょうなごん》の見た松はどうなったのだろうか。

藤の肥としていいのは酒粕《さけかす》で、酒粕をぬるま湯で溶いたものを水で薄め根元にかける。昔の

歌川広重《うたがわひろしげ》筆「亀戸天神境内」(名所江戸百景)
天神さまには梅がつきものだが、亀戸天神は藤で有名。
山口県立萩美術館・浦上記念館蔵

人は酒粕をそのまま地面においたという。松には酒だというが、スルメという言い伝えもあるそうだ。わたしもわが家の桜には寒肥や花のあとの御礼肥《おれいごえ》として酒とスルメを使っている。実効があるかどうかわからないが、木を大切にする心の表現にはなるだろう。

閑話休題。江戸でも藤は好まれて、亀戸《かめいど》天神の藤などは昔から有名だ。

藤棚の隅から見ゆるお江戸かな　一茶

＊1　**山部赤人**　奈良時代の歌人。生没年不詳。三十六歌仙のひとり。『万葉集』には長歌13首、短歌37首が収められている。『古今集』の仮名序に柿本人麻呂とともに歌聖として並び称されている。

＊2　**清少納言**　生没年不詳。平安時代の随筆家、歌人。父は歌人・清原元輔であるが、母はあきらかではない。一条天皇の中宮定子のもとに出仕し、約10年間女房生活を送った。多数の才媛に交じって才能を発揮し、随筆集『枕草子』を執筆した。中宮彰子に仕えた紫式部とはライバル関係。

雪隠《せっちん》の風景

露地の雪隠

茶室にはトイレがつきものだ。茶事の最中での無作法を予防するために、主客は席入りの前に、その辺りに気配りをしなければならないが、これにはふたつあって、砂雪隠と下腹《したばら》雪隠といっている。実際に使用するのは外露地に設置した後者で、砂雪隠は使用せず、内露地にあって主人の心ばえを見せるところとされる。

さて、その雪隠だが、本来は禅宗のことばだ。「雪隠」の文字自体は美しく、雅《みやび》でさえある。近ごろはお茶の世界以外、あまり使われなくなったが、「ご不浄」だの「便所」だの、はたまたＷＣなどという直接的な表現に勝ること万々だ。

この雪隠の語源に関しては説がある。中国唐《とう》代の雪峯禅師《せっぽうぜんじ》*1が厠《かわや》を掃除していて大悟《たいご》したからとも、『碧巌録《へきがんろく》』で名高い北宋《ほくそう》の雪竇《せっちょう》禅師*2が厠の役を司っていて大悟したからともいう。雪竇が住した霊隠寺《れいいんじ》には「雪隠」の扁額《へんがく》が掛けられていたというが、この語がトイレを意味するよ

内露地の砂雪隠

茶事の際に亭主が客に対して心遣いを見せる場。

写真／田畑みなお

うになってからだと誤解を生じかねない危険な額ではある。

羊羹《ようかん》はなにに似ているか

雪という語には「すすぐ」という義があって、「雪辱《せつじょく》」の語はいまもよく使われる。雪隠を文字どおり「すすぎ、かくす」と取れば、汚物を処理するという意味に通じるから、禅僧の大悟云々は後世の付会かもしれないが、禅宗ではトイレに行くのも修行のひとつとされる。ちなみに禅院では「東司《とうす》」という語も同じ意味で使われる。もともとは「西司《さいす》」というものもあって、東西に設置されていたところからの称だそうだ。「厠」という字が母屋の側の小屋の意だというのに通じる。西司と同じような意味で「西浄《せいちん》」という言い方もあり、これが転訛《てんか》して雪隠となったという説もあるようだ。

厠を「かわや」と訓《よ》むのは、昔のトイレが川の上に架けられた名残だろう。わたしもそんな自然水洗を経験したことがある。

尾籠《びろう》ついでに中身の話をもう少し。

戦争前に、わたしの叔父がアメリカに遊学したときのことだ。日本からの差し入れで羊羹が送られてきて、お裾分けしようとしたのだが、向こうではあまり喜ばれない。たくさん余って始末に困り、下宿のトイレに流そうとしたところ、上等の固練りで、溶けてくれず、大量に便器内に残ってしまった。そのうち軟らかくなったところでもう一度流そうと、そのままにしてトイレから出ている隙に、下宿先の奥さんがそのトイレに入ってしまった。あとで、日本人はなんと太くて大量の排泄物を出すものかと感心され、大いに赤面したそうだ。

奥さんに多少の知識があれば、浮世絵のポルノグラフィーによる「歌麿《うたまろ》」伝説なども想起したのではなかろうか。

清筥《しのはこ》と虎子《こし》

芥川龍之介《あくたがわりゅうのすけ》＊3は平安朝に題材を取った小説をいくつか書いていて、映画『羅生門《らしょうもん》』の原作となった『藪《やぶ》の中《なか》』は有名だが、『好色《こうしょく》』も面白い。「平中《へいちゅう》」という渾名《あだな》の色好みの男が、とある侍従に惚れ込み、恋焦がれるが相手にされない。思い余って、その女性の不浄のものを見ればきっと百年の恋も冷めるであろうと考え、その侍従の小女《こおんな》が画扇《えおうぎ》で隠しながら持ち出した筥を奪って、そのなかを見たところ「筥には薄い香色《こういろ》の水が、たっぷり半分ほどはいった中に、これは濃い香色の物が、二つ三つ底へ沈んでいる。と思うと夢のように、丁子《ちょうじ》の匂《におい》が鼻を打った」。驚き怪しんだ平中が、そっと水をすすってみると……。未読の方は、ぜひご自分で読んで頂きたい。

芥川の小説は、清筥というポータブルの便器からの発想だろうが、昔の貴人のトイレは、床

青磁の虎子
呉(ご)の赤烏(せきう)14年(251)の銘が入った古越磁(こえつじ)。
中国国家博物館(北京市)蔵

に設置した厠の下に箱をおいておき、箱ごと汚物を外に出して処理した例が多い。

清筥のほかに虎子というのも携帯用便器の名で、動物が大きく口をあけた形をしているのが原型だ。虎口に入れずんば外にこぼれてしまう。中国の古陶磁にはなかなかいい虎子があって、花入《はないれ》にもよさそうだが、用途を知れば使えない。

もっとも昔の虎子は、本来は飲器ではなかったかという説もあるそうだから、勇気のある人は大いに利用されたら面白いかもしれない。

＊1 雪峯義存 822〜908。中国唐末の禅僧。中国各地で修行を重ねたのち、地元の福建に戻り、雪峯山に住し人びとの教化に励んだ。雪峯寺を拠点に常時1500人もの僧侶が修行する、当時最大の仏教教団となった。
＊2 雪竇重顕 980〜1052。宋代の禅僧。禅宗の一派、雲門宗の中興の祖。
＊3 芥川龍之介 1892〜1927。東京生まれ。東京帝国大学在学中、小説『羅生門』を発表、級友・鈴木三重吉の紹介で夏目漱石門下に入る。新聞社に入社後創作に専念し、『杜子春』『蜘蛛の糸』『トロッコ』『蜜柑』『河童』など短編小説を数多く創作する。1927年7月24日致死量の睡眠薬を飲んで自殺した。

掃除は芸術なり

へたの箒《ほうき》

少し荒れた庭に風情があるというのは清少納言《せいしょうなごん》をはじめ、多くの先人の説くところだが、庭が荒れ出すと実際は始末に困る。植栽にしろ、芝生にしろ、手入れには適当な時期と間隔があり、怠るとたちまち雑草が生い茂ったりして荒れ放題になりかねない。

秋ともなって庭の内外に落葉樹があると、毎日毎日、落葉が一面に散ってくる。これはこれで風趣に富むが、灌木の上にたまると、あまり見よいものではないし、芝生の落葉も雨のあとなどできるだけ早く取り除かないと芝生の生育を妨げる。そこで掃除ということになるのだが、これが案外に面倒だ。近ごろは電力で吹き払うブローという道具もあるから、これと箒を組み合わせれば効果的で、わたしもそれを利用している。

わが不東庵《ふとうあん》の小庭は灯籠も池もない自然を生かした作りだからいいが、大きく複雑な構成の庭の管理は掃除だけでもたいへんだろうし、下手な掃除では景観を台無しにもしかねない。幸《こう》田露伴《だろはん》も娘の文《あや》さんに庭掃除を教えて「落葉は見苦しいものではないけれど、へたが箒を使ってでこぼこにした庭は見るに堪へない」といっている。桂離宮《かつらりきゅう》では、七十歳を過ぎた熟練の方にいまもお手伝いを願っていると聞いたが、それは掃除があだやおろそかにできないものだからだ。

心と気を働かす

掃除ということで思い起こすのは織田信長《おだのぶなが》にまつわるエピソードだ。

あるとき信長が「だれか」と控えの間に声をかけると、近習《きんじゅ》の小姓がひとり来て用命を待ったが、「最早《もはや》よし」という。また「だれか」というので、別の小姓が参上するが、「要らず」というので退出する。しばらくしてまた「だれぞ参れ」というので別の人が出ていったが、やはりなにごとも下命がないので、下がろうとしたとき、その小姓は座の傍らに落ちていた塵《ちり》を拾い上げ、さりげなく袂《たもと》に入れて退出する。これを見た信長が「待ち候《そうら》え」と声をかけ、「なにごとも人は心と気を働かすを以《もっ》てよしとする。合戦の進退も同じことで、いまの退き方は殊勝である」と褒《ほ》めた。

桂離宮（かつらりきゅう）で掃除をされているというご婦人と談笑する著者。掃除は庭園では極めて重要な仕事のひとつ。

同じような話がいまひとつある。

信長の爪を切り終わった小姓がなにかを探しているようなので信長が問うと、「御爪ひとつ足らず」という。信長が袖を振ってみると爪がひとつ落ちた。信長は感心して「なにごともこのように念を入れるべきことなれ」といって褒美を取らせた。

これらが史実かどうかはともかく、彼はこのようにその将士の一挙一動に注意し、一切の場合において「心と気を働かす」ことを彼らに求めた。掃除についてもそれはまったく同じことだったろう。わたしも、毎日かならず仕事の初めと終わりに、事務所の人たちといっしょに箒を握ることがいまや習慣となっている。やきもの作りは、いわば子どもの泥遊びの延長のようなものだから、後始末を手抜きすると、たちまち周囲が汚くなってしまう。

箒は筆と心得よ

昔の人は総じてよく掃除をしたように思う。とくにちゃんとした商家は店前や店内をきれいに保つことに神経を使った。いまでも清潔で整頓された商店にいくと、並べてある商品までよく見える気がする。

これは、あるお坊さんの書かれた文章[*1]の受け売りだが、岡山県倉敷市の古い商家の話だ。その店の一日は掃除に明け、掃除に暮れる。ご主人のNさんが家族や店の人をそのようにしつけているのである。店の掃除を子どもたちに任せているいまでは、もっぱら庭掃除がNさんの担当で、ふつうに見れば塵ひとつ落ちていないようなところを竹や棕櫚《しゅろ》の大小の箒を駆使して掃除をする。サツキの根本はもちろん、苔のあいだや地面にくっついた落葉などもきれいに取り除く。箒の先を動かすのは筆運びに似ていて、書にも役立つというのがNさんの意見だ。先に引いた露伴も「箒は筆と心得て、穂先が利くやうに」使えと教えているのが面白い。

かつてフランスの哲学者サルトル[*2]がボーヴォワール女史[*3]とともにこの店を訪れたことがあるそうだ。Nさんが掃除の話をされると、サルトルは「掃除は芸術なり」と応じたという。

電気掃除機が幅をきかしている昨今、掃除が芸術である以前に、草取りと箒によって、子どもたちに整理、整頓、ひいては礼節など日本の美徳を教え込むのが目下の日本の大事だとわたしは思うのだが、いかがなものだろうか。

＊1　『つとめとして、つとめる』長田暁一（『跳龍』昭和58年5月号）

＊2　**ジャン・ポール・サルトル**　1905〜1980。フランスの哲学者。パリに生まれる。小説『嘔吐』をはじめ、『存在と無』『想像力の問題』『弁証法的理性批判』などを発表、実存主義の旗手として名声を博した。

＊3　**シモーヌ・ド・ボーヴォワール**　1908〜1986。フランスの女流作家・哲学者。パリに生まれる。サルトルの実存主義に加担するとともに、女性の解放を求めて戦った。代表作『第二の性』において「人は女に生まれるのではない、女になるのだ」とし、女性らしさが社会的に作られた約束事に過ぎないことを主張した。

第三章

ゆかりの庭をめぐって

鯖《さば》街道の古庭

安曇川《あどがわ》での鮎釣り

京都と若狭《わかさ》を結ぶ鯖街道に沿った滋賀県の朽木《くつき》あたりは、わたしが近年、鮎釣りにときどき出かけるところだ。

京都市内から車で一時間ほどであるが、途中の道路では猿が飛び出してきたり、少し道を逸《そ》れて山中に入ると鹿や猪も棲息している山里である。街道は文字どおり、日本海の鯖を洛中に運んだ古道で、いまも寿司は名物だ。わたしの釣行の楽しみのひとつでもある。

友釣りを試みるのは安曇川で、比良《ひら》山系を縫って琵琶《びわ》湖に注ぐ渓流である。今年も夏に仲間と出かけた。大雨のあととあって、釣果は三尾に終わったが、楽しい一日だった。

現在の朽木は、夏場ともなれば釣り客やキャンプの行楽客でにぎわうのどかな行楽地だが、畿内《きない》と近江《おうみ》、日本海を扼《やく》する要路を占めた立地だから、重要な歴史の舞台として興味ぶかいところでもある。真っ先に思い浮かぶのは、織田信長《おだのぶなが》のことだ。

信長は最初に越前《えちぜん》の朝倉《あさくら》氏*1を攻めたとき、朝倉に味方した浅井《あざい》*2の軍勢に反撃され、窮地に陥る。殿《しんがり》を秀吉に任せると、敦賀《つるが》から一日散に逃げ帰ったとき通ったのが鯖街道であり、朽木だ。敗走ではあるが、勝敗決したとなると、決然、ほとんど単騎も同然に最短時間、最短距離を駆け抜けるところが信長の真骨頂だと思う。捲土重来《けんどちょうらい》、翌一五七三年（天正《てんしょう》元）ふたたび浅井、朝倉を攻めたとき、徹底的に攻め亡ぼしてしまったのも、また信長だ。

朽木の古庭

このときから半世紀ほど時代を遡《さかのぼ》った、一五二八年（享禄《きょうろく》元）、室町幕府一二代将軍足利義晴《あしかがよしはる》*3が三好《みよし》氏らの乱を避けたのも、ここ朽木だった。中世以来、明治の廃藩置県まで一帯の領主だった朽木氏を頼ってのことである。ときの管領細川高国《かんれいほそかわたかくに》*4は、将軍の無聊《ぶりょう》を慰めるために、ここに庭園を作ったという。将軍自ら作庭に携わったとの伝承もある。それが旧秀隣寺《きゅうしゅうりんじ》の「鶴《つる》亀蓬莱《かめほうらい》の庭」で、現在は興聖禅寺《こうしょうぜんじ》の一角に保存されている。秀隣寺が移転し、そこに興聖寺が建てられたからだ。

旧秀隣寺庭園には、鮎釣りの帰りにぶらりと立ち寄ったことがあるが、一日、あらためて出向き、興聖寺のご住職に案内されてゆっくりと拝観することができた。

庭は四個単位で八列におかれた石組と、そのあいだを縫って流れる曲水《きょくすい》から成る池泉《ちせん》式庭園*5

で、周囲は芝生である。細川高国は勘合貿易の担い手でもあったので、堺《さかい》経由で高麗芝を輸入してここに植えたのだそうだ。いまでは日本全国どこでも見られる高麗芝だが、当時は珍しい趣向だったに違いない。

曲水には石橋が架かり、橋を渡ると蓬萊山《ほうらいさん》を象《かたど》った石組があり、さらに野点石《のだていし》が設けられている。その向こうには小倉栖《おぐらす》の峪《たに》を越えて桂木《かつらぎ》の森を中景に、蛇谷山《じゃたにやま》を借景《しゃっけい》としている。王朝風の優雅と武家的な豪快さを兼ね備えたみごとな配置で、庭のもつ面白さが実感できた。

絵にうつし石をつくりし海山を
のちの世までも目離《めかれ》ずや見む

細川高国の辞世という。高国は、戦国時代の初期に管領として大いに威を振るったが、彼がかつて滅ぼした細川澄元《すみもと》の子らに攻められ、一五三一年（享禄《きょうろく》四）に自刃して果てた。

幽斎《ゆうさい》、三斎《さんさい》、利休《りきゅう》

庭の両端には合わせて八本の藪椿があしらわれている。ともに古木で、庭創建当時からのものだそうだ。椿の花はポトリと落ちるのが不吉として武家では嫌うむきもあるが、藪椿は落ちてなお、旬日の命脈を保つともいう。興聖寺は、いまでは「花の寺」として知られ、椿はその名物となっている。以下はなかば興聖寺のご住職からの受け売りである。

右の足利義晴の跡を継いだ義輝《よしてる》*7は、戦国動乱のなか、しばしば京都を逃れ、各地を流浪《るろう》するが、その間そば近くに仕えたのがわが家の初代・細川藤孝《ふじたか》（幽斎）だ。その間、もっとも長く滞在したのが、やはり興聖寺の地で、幽斎はここで妻を娶《めと》り、忠興《ただおき》（三斎）*8が生まれたのもここだそうだ。よく知られるように三斎は千利休《せんのりきゅう》の高弟だった。太閤秀吉にうとまれた利休は、死の直前に三斎に連れられ、この寺に来たことがあるという。折から藪椿が満開だった。利休が堺で切腹したとき、あの藪椿を利休と思ってほしい、と三斎に言い遺した。死を覚悟して京から堺まで舟で下る利休を、三斎と古田織部《ふるたおりべ》が淀川《よどがわ》堤で見送ったというのが定説だが、三斎が堺まで行ったという伝承もあるのだという。

ここまで話をされたご住職は、全部あなたのお父様から教えて頂いた受け売りです、と破顔された。わたしは白昼夢から覚めたように、あらためて古格のある庭の佇《たたず》まいを眺めたことだった。

＊1 朝倉義景 1533〜1573。1570年、浅井長政と連合を組み織田・徳川連合軍と姉川で戦う。1573年、近江に進軍した織田軍と一乗谷城で戦い、敗れて自刃した。

＊2 浅井長政 1545〜1573。北近江の戦国武将。長政は織田信長の妹・市を妻とし、信長と同盟関係を結ぶが、長政の盟友である「朝倉義景への不戦の誓い」を信長が破ったため、朝倉軍と連合し織田・徳川軍と姉川で戦う。1573年織田軍は北近江に攻め寄せ朝倉軍を撃破。長政の本拠の小谷城を囲み、長政は自害した。

＊3 足利義晴 1511〜1550。室町幕府の第12代将軍。1521年、将軍職にあった第10代将軍足利義稙（よしたね）が、管領・細川高国と対立して京都から追放されたため、高国に擁立されて将軍に就任した。その後、細川春元と対立して敗北、嫡男・義輝に将軍職を譲り、以後は義輝の後見人となる。

＊4 細川高国 1484〜1531。戦国時代の武将。細川政春の子。管領・細川政元の養子となる。養父が殺害されてのち家督を継ぐ。同じく政元の養子であった細川澄元と長期にわたり抗争を繰り返しながらも管領として実権を握り、幕政を運営した。しかし、最後は澄元の嫡男・細川春元に敗れて自刃した。

＊5 池泉式庭園 日本庭園のひとつの様式。大きな池を中心に名石や橋が配してあり、その周囲を散策するための園路をめぐらした池泉回遊式庭園が一般的。桂離宮、金閣寺、二条城の庭が代表例。

＊6 勘合貿易 室町時代、日本と明とのあいだに行なわれた貿易。中国の沿岸を荒らした倭寇との区別のため、正式な貿易船には、明から勘合という合い札を与えられたので勘合貿易と称する。

＊7 足利義輝 1536〜1565。室町幕府の第13代将軍。戦国大名どうしの抗争を調停するなど、精力的な政治活動を行ない幕府権力の復活を目指した。しかし、幕政を牛耳ろうと目論んでいた松永久秀と三好三人衆に排除され、ついには三好勢によって殺害された。

＊8 細川忠興（三斎） 1563〜1645。豊前小倉藩主。父は細川幽斎。正室は明智光秀の娘・玉（細川ガラシャ）。織田信長・豊臣秀吉・徳川家康に仕え、肥後細川家の基礎を築いた人物。父と同様に教養人・茶人としても有名で、利休七哲のひとりに数えられる。

旧秀隣寺庭園を前に興聖禅寺のご住職と語り合う著者。

ワマカシとモッコス

日本の庭と水

石、植栽と並ぶ庭の主役は水である。それは、かならずしも池泉《ちせん》式の庭に限らない。枯山水《かれさんすい》といい枯滝といっても、現実の水こそないが、作る人も見る人も、そこに海を想い、水の流れを見ているのだ。

『日本書紀《にほんしょき》』履中《りちゅう》天皇三年（四〇二）十一月条の「天皇が両枝船《ふたまたぶね》を作って、大和《やまと》国磐余市磯《いわれのいちしの》池《いけ》に浮かべ、皇妃たちと遊んだ」という記事は、たいていの庭園史の本に出ているが、日本の庭がその当初より池を中心に発達してきたことを窺《うかが》わせる。作庭法そのものは中国や朝鮮半島の影響が強いかもしれないが、日本はもともと海山の水に恵まれたところで、そのことが日本的な庭作りに反映しているのは当然だろう。いわゆる大名庭園[*1]は、その点で日本的な庭が行き着いたひとつの典型かもしれず、どの庭でも大きな池が中心をなしている。

熊本の水前寺《すいぜんじ》成趣園《じょうじゅえん》はわが家にゆかり深い庭だが、ここなどとくに水こそが生命で、富士山と呼ばれる人造の山も、松その他の木々も岩も、水の景なしでは生きてこない。

熊本市は大きな水甕《みずがめ》の上に乗っかった街だといわれる。市街の地下には阿蘇山《あそさん》からの伏流水が豊富にあり、いまでも上水のほとんどは地下水によっているから、水道代は全国的に見てもかなり安い都市の部類ではなかろうか。水前寺の庭の水も、この阿蘇の伏流水が湧き出たものにほかならない。

河童《かっぱ》の餌付け

ところで熊本の水、阿蘇の水といえば、思い起こす話がある。

昔、熊本藩に成田清兵衛《なりたせいべえ》という侍がいた。腕力人に優れるだけでなく、強情ひとかたならぬ仁である。あるとき清兵衛が庭を眺めていると、隣家の筍《たけのこ》がこちらで顔を出しているので、煮て食べたところ、それを知った隣家の主人が怒鳴り込んできた。清兵衛あわてることなく、「他人の家に無断で入りたるゆえ、手討ちに及びたり」という。隣家の主人は「ならば死骸を受け取らん」というと、「特別の情けをもって葬式は手前方にて執行せるも、遺物だけは返すべし」と大声で呼ばわって筍の皮を投げつけたという剛の者だ。

阿蘇山の麓《ふもと》に須賀里《すがり》の滝という瀑布があって、水死する人が少なからず、河童のせいだという風説があった。それを聞いたこの清兵衛さん、自分が河童を取り押さえようと考え、河童は

杉谷行直《すぎたにゆきなお》・内《うち》尾《お》栄一《えいいち》筆「水前寺庭中之図」

阿蘇の山々を望む図と、遠くに金峰山（きんぽうざん）と熊本城下を望む２図の水前寺庭の風景が、上空から見下ろすような俯瞰視点で描かれている。

永青文庫蔵

相撲を好むというので、弁当持ちで出かけていって、「河童、相撲とろとろ」と呼びかけたが、二十日以上続けても返事がない。友人に相談すると、河童は君の腕力を知って避けているのだろうが、河童は人の腸が大好物で、尻を滝壺《たきつぼ》に浸すと河童はかならず肛門から腸を抜き取ろうとするに違いないから、そこを捕まえよという。清兵衛さんは手を打って喜び、早速、渦巻く滝壺に尻を浸すが、その姿がなんとも面白く、あとをつけてきた友人が「清兵衛さん、どうでがーすか」と声をかけると、清兵衛さんは手を上げてさえぎり、「黙っとれ！　せっかく河童ン付きおるケン」。

河童が相撲を好み、人に勝負を挑むという話は奄美《あまみ》大島の民話など各地にあるようだ。

熊本人気質

庭の水から話が逸れてしまったが、ついでにいうと熊本人気質としては、「モッコス」が有名だ。「肥後《ひご》モッコス」といえば、意地っ張りの代名詞となっているが、清兵衛さんのような気質は「ワマカシ」という。元来は「人を馬鹿にする」とか「ふざける」といった意味のことばのようだが、孫文《そんぶん》*2の支援者だったことでも知られる熊本出身の宮崎滔天《みやざきとうてん》*3は「已れを馬鹿にし了《おわ》って而《しこう》して人を馬鹿にし世を馬鹿にする」のがワマカシだと定義している。ワマカシの人物は、どこか滑稽味があるが、頑固で、しばしばその言動が人の奇に出るようなことになる。ワマカシとモッコスがいっしょになると少々厄介で、熊本ではなかなか議論がまとまらないといわれる。

かつては「薩摩《さつま》の大将、肥後の中将」という俗諺《ぞくげん》もあった。鹿児島人は人を盛り立てて、西《さい》郷隆盛《ごうたかもり》のような人物を押し上げるが、熊本人は互いに足を引っ張り合うから新聞記者だの言論人、弁護士などは多いが、大人物になりにくいというのだ。幕末維新の思想家横井小楠《よこいしょうなん》*4などは、勝海舟《かつかいしゅう》が西郷さんとともに最高に評価したほどの人物だったが、熊本の藩論をまとめることができず、福井藩でかえって驥足《きそく》を展《の》ばしたのも、熊本人のそんな気風と少しは関係があるかもしれない。

もっとも、「なになに人気質」というのは、それなりに地域的な個性を表現していて面白いが、あくまで一面を誇張したものだ。しかも近ごろは全国的に画一化が進んでいるから、こういったことも河童同様、すでに昔話と化しているのかもしれない。

＊**1 大名庭園**　江戸時代に各藩の大名が江戸や地元の邸宅に築造した庭園の総称。そのほとんどが池を造り苑路をめぐらす池泉回遊式の大庭園である。東京・小石川後楽園、東京・六義園（りくぎえん）、金沢・兼六園などが代表例。

＊**2 孫文**　1866～1925。中国清末期の政治家・革命家。共和制を創始して国父と呼ばれる。1911年辛亥（しんがい）革命が勃発すると臨時大総統に就任、中華民国を発足させる。しかし、袁世凱（えんせいがい）に政権を譲位。独裁を始めた袁世凱の打倒を図るも失敗し日本に亡命する。袁世凱の死とともに中国に戻り中国国民党を組織し革命を推し進めるが、志半ばにして北京で客死する。

＊**3 宮崎滔天**　1871～1922。日本で孫文たちを支援して、辛亥革命を支えた革命家。熊本県生まれ。1897年に孫文と知り合い、以降中国における革命運動を援助した。浪曲師・桃中軒牛右衛門としても知られる。

＊**4 横井小楠**　1809～1869。熊本藩士、儒学者。私塾「四時軒」を開き、多くの門弟を輩出した。その後、松平春嶽の政治顧問として招かれ、福井藩の藩政改革、さらに春嶽の助言者として幕政改革にも関わる。

『碧巌録《へきがんろく》』の庭

達磨《だるま》と不識《ふしき》

多少の例外はあるが、わが家は代々禅宗である。とくに祖父の護立《もりたつ》*1は、白隠《はくいん》禅師*2を敬慕すること篤く、その書画などもずいぶん集めた。祖父のもとへは、よく禅僧や仏教学者といった方々も訪ねてこられたから、わたしにとって、禅は子どものころから身近なものだった。

長じては、あちこちの寺に参禅したりしていたが、いまは「動中の工夫」が大切だという口実を設けて、とくに座禅《ざぜん》を組むこともない。ただ、禅にまつわる書はときどきひもとくし、禅の語録には好きなものもあって、書にしたりもしている。

しかし、禅書は総じて言葉がむずかしく、過去の高僧たちの言動を読んでも、なかなかその意味を解しかねることが多い。百則からなる『碧巌録』などは、その最たるものだろうが、なかでは第一則に出てくる「不識」は比較的よく知られていることばかもしれない。

中国禅宗の始祖とされる達磨*3が、梁《りょう》の武帝《ぶてい》*4に面会したとき、武帝から仏教の真理（聖諦《しょうたい》第一

熊本県碧巌寺の庭園
登竜門の話を主題にした庭園。右手前の池に立つのが滝を登る鯉に見立てた鯉魚石（りぎょせき）、土留めのような石列が龍を表わしている。中央が碧巌石、左奥が達磨石。

義）を問われて、「廓然無聖《かくねんむしょう》」（聖諦などというものはまったくない）といい、「では朕《ちん》の前にいるのはだれか」と訊かれて答えたのが「不識《しらず》」だ。お坊さんの書にはこの二字を書いたものがよくあり、ときに文字の側に達磨の絵が描いてあったりして、厳しい禅語にユーモアを添えている。

菊池《きくち》氏と碧巌寺

熊本県菊池《きくち》市七城《しちじょう》町に『碧巌録』を主題にした庭があるというので、見にいくことにした。名も碧巌寺という臨済宗《りんざいしゅう》の禅刹《ぜんさつ》の庭がそれだ。

わたしは先祖代々熊本にゆかりがあるから、七城町にはもちろんたびたび足を運んでいるが、しかし、碧巌寺の存在はもとより、その寺に古庭があることも、まったく知らなかった。何人もの熊本の知人に訊いてみたが、知る人はなかった。それもそのはずで、ながらく無住の荒れ寺であったのを近年、整備復元したものだという。

熊本市の北に位置する七城町は熊本県内の米どころで、一帯は地名に残るとおり、中世には豪族菊池氏の支配下にあった。菊池氏は南北朝の動乱で南朝方に属し、北朝が主流となって衰微してしまうが、明治になって南朝に尽くした功が再評価され、七城町を含む菊池市には、かつて城のあった山上に菊池神社が祀《まつ》られている。七城という地名は菊池氏の七つの城にちなんでいる。

碧巌寺も菊池氏ゆかりの寺で、菊池家二十代の為邦《ためくに》が一四六六年（文正元）、出家隠棲するに際して建てたものだ。為邦は『碧巌録』に深く親しみ、自らの寺にその名を冠し、またその庭を『碧巌録』に副《そ》って作ったという。

碧巌石と達磨石

寺は静かな田園のなか、小さな岡を背にしてひっそりと佇《たたず》んでいた。古びてかなり傷んだ建物は、しかし掃除が行き届き、方丈の破れ畳を吹き抜ける微風が心地よい。独住のご住職の手作りの茶盌《ちゃわん》で茶を頂戴しながら、庭に目をやると、方丈から池を隔てた対岸には高低の石の列がゆるやかな曲線を描いている。

住職の依頼によって、水も枯れて崩れていたこの庭を復元した作庭家の斎藤忠一《さいとうただかず》さんは、一九九四年（平成六）に初めてこの庭に対したとき、地中から突き出たひとつの岩島を見て、「なにかがある。天龍寺や金閣寺の滝組と同じ龍門瀑《りゅうもんばく》ではないか」と直感したそうだ。その後の二年間、何度も京都から通って調査を進めた斎藤さんは、仲間と丹念に庭を掘り起こし、石を立て直すという気の遠くなるような作業を続けたが、それを通じて、斎藤さんの確信はますます不動のものとなった。全体像が見えてくると、ただの土留めのように思われた石列は龍を表わ

常滑《とこなめ》不《ふ》識《しき》水指《みずさし》
本来は日常容器であったと思われるが、
後代には茶道具の水指用に作られている。
常滑市立陶芸研究所蔵　写真／田畑みなお

碧巌寺庭園を前にご住職と斎藤忠一さんの説明を聞く。

していた。枯れていた池に水を張ったとき、水に映った石列を見て、それが龍の胴体の表現だと気づいた斎藤さんたちの驚きと感激はたいへんなものだったという。なるほど、個々の石は龍の鱗に見える。その先の池のなかに屹立《きつりつ》する石は鯉魚《りぎょ》で、池の岸には滝が組まれている。禅庭によくある龍門瀑で、黄河《こうが》の難所龍門を登りえた鯉だけが龍に化すことができるという中国の伝説を象《かたど》っている。この話は『碧巌録』にも引かれ、雲水への修行の教えでもある。

滝の左手に垂直の面を見せる石が立っていて、斎藤さんの話だと、これが碧巌石だという。『碧巌録』は雪竇重顕《せっちょうじゅうけん》がまとめた名僧の言行と自作の頌《じゅ》（詩）に圜悟克勤《えんごこくごん》*5が注釈などを加えた中国宋《そう》代の書だが、圜悟が執筆を行なったのが湖南省《こなんしょう》の夾山霊泉禅院《かっさんれいせんぜんいん》というところで、そこには碧巌があって、書名はその岩に由来する。

その碧巌石から少し離れて石がひとつぽつねんとおかれている。それが達磨石だった。茶で使う水指《みずさし》に、「不識《ふしき》」というのがある。そのずんぐりした形が座禅達磨に似ているところからの命銘だが、庭の背後の木立に対するその石は、斎藤さんの謎解きを聞いて、たしかに壁に面して座す達磨に見えた。

＊1 **細川護立**　1883〜1970。細川家16代当主。著者の祖父に当たる。細川護久の4男として東京市小石川区（現在の東京都文京区目白台）に生まれる。貴族院議員。芸術に造詣が深く、美術品収集家、梅原龍三郎や安井曾太郎といった芸術家のパトロンとしても知られた。

＊2 **白隠禅師**　1685〜1768。臨済宗中興の祖と称される江戸中期の禅僧。駿河国（静岡県）の生まれ。500年に1人の名僧といわれ「駿河には過ぎたるものが二つあり富士のお山と原の白隠」と謳われた。個性あふれる禅画も数多く描いている。

＊3 **達磨**　生没年不詳。禅宗の開祖とされている人物。仏陀より28代目の祖師といわれる。正法を伝えるために中国に渡来。武帝と問答するが正法を伝えるに足らずとし、北魏の少林寺に来て、のちの禅宗の第2祖となる慧可（えか）に出会ったといわれる。

＊4 **武帝**　464〜549。姓名は蕭衍（しょうえん）。南朝梁（りょう）の初代皇帝。治世前半は官制の整備、人材の登用、租税の軽減等において実績を上げた。やがて仏教に傾倒するようになり、仏教教団に莫大な財物を施与するに至る。そのため財政は逼迫、官界の綱紀も紊乱の様相を呈してきた。しかし、仏教信仰は真剣なもので、仏教の戒律に厳密にしたがった生活を送り「皇帝菩薩」と称された。

＊5 **圜悟克勤**　1063〜1135。中国宋代の臨済宗の僧。『碧巌録』の完成者。その法語は、現存する墨跡の最古の作例で、古くから墨跡の第一とされた。桐の箱に入れられた墨跡が薩摩の坊津海岸に流れ着いたという伝承があり、その墨跡は「流れ圜悟」と呼ばれている。

墓石と墓碑銘《ぼひめい》の話

自然石の墓

『作庭記《さくていき》』の昔から、日本の庭は石が主人公だった。「石を立てる」というのは庭作りと同義で、禅宗の庭ではことに石が重視されてきたようだ。石の静かに動じない佇《たたず》まいは、座禅での修行に通じるものがあるからかもしれない。日本の禅庭の祖というべき夢窓国師《むそうこくし》の京都・臨川寺《りんせんじ》の墓が自然石であるのは、国師の石に寄せる想いを物語っているようで興味ぶかい。

自然石の墓といえば、わが家の祖、細川幽斎《ほそかわゆうさい》のさらに前の遠祖八代の墓はすべて自然石だ。また、京都の竹の寺、地蔵院《じぞういん》には『太平記《たいへいき》』の最後を飾る細川頼之《よりゆき》*1の墓が、この寺の開基である宗鏡《そうきょう》禅師の墓と並んであるが、ともに自然石である。

ところで、「細川石」と名づけられた石がいくつか伝えられている。右にふれた頼之の墓石もそのひとつで、いつのころからか、一本の樫の木が石を抱くように生えていて、ひとつの風情をなしている。また、金閣寺の鏡湖池《きょうこち》中の葦原島《あしはらじま》の「細川石」などは比較的よく知られているようだ。東福寺霊雲院《とうふくじれいうんいん》には熊本藩四代光尚《みつなお》*2の「遺愛石《いあいせき》」というものが残っている。ここは湘雪《しょうせつ》和尚の住房だったところで、光尚より寺に五百石を与えようといわれたとき、和尚が拝謝しつつも「録（禄）の貴《とうとき》は参禅の邪鬼」として、代わりに庭にあった奇石を貰い寺宝にしたものだという。高さ五〇センチ足らずの、あまり大きな石ではないが、紋理《もんり》が直立して走り、一石のなかに奇峰、幽谷の趣が感得できる。

墓碑銘について

墓石といえば、たいていはそこに字が彫ってある。「〇〇家累代の墓」とか享年、戒名などがそれだが、外国の墓碑銘では、なかなか気の利いたものがある。パリのシテ島にあるスタンダールの墓碑銘「生きた、愛した、書いた」はさすがに洒落《しゃれ》ている。歌手のフランク・シナトラの墓には「いちばんいいのはこれからだ」と書かれているそうで、これも面白い。

日本近代の文学者の墓は、文学碑を兼ねたようなものを別にすると、名前だけの簡略なものが多いようだが、谷崎潤一郎《たにざきじゅんいちろう》の京都法然院《ほうねんいん》の墓には自筆の「寂」一字が鞍馬石《くらまいし》*3に彫られていて、なかなかいいと思う。

セントヘレナ島で幽囚のうちに没したナポレオン・ボナパルトの現地の墓は、墓碑銘に関してフランスとイギリスの折り合いがつかず、なにも書かずに終わったという。現在もそのままかどうかは知らないが、本人の遺志はどうだったのだろう。元フランス大統領のドゴールの墓は、遺言どおり姓名と生没年を記すのみだ。やはり第二次世界大戦の英雄だったチャーチルの墓も名前と生没年だけである。彼の著書『第二次世界大戦』はかつて愛読したものだが、その巻頭には「戦争には　決断、敗北には　挑戦、勝利には　寛大、平和には　善意」ということばが載せられていて、彼の墓碑銘としてもふさわしいように思う。しかし、これはチャーチルがフランス軍の記念碑のために考えたもので、チャーチル最後の誕生日のバースデー・ケーキはこのことばで飾られていたという。

わたし自身は自らの墓碑銘として「長居無用」というのを考えていたことがあったが、これは、やることはやったし、この世に長居は無用という意味だ。いまは石に小さく「不東《ふとう》」とでも彫っておこうかと思っている。自分が死んだ先のことはどうでもいいといえばどうでもいいことかもしれないが、いずれにせよ、墓は簡素なものがいい。世俗の栄辱は来世にもっていくものではない。

児孫《じそん》の為に大墓を建てず

幽斎以後は、領地や寺院との関わりで、京都の南禅寺天授庵《なんぜんじてんじゅあん》、大徳寺高桐院《だいとくじこうとういん》、東京の東海寺《とうかいじ》、あるいは熊本と、各地に墓が分散し、なかには御廟がかけられ国指定の史跡扱いになっている

細川光尚遺愛石　東福寺霊雲院
檜葉（ひば）がところどころに生え、峨々（がが）たる山容を思わせる。
写真／水野克比古

信楽土で焼いた著者自作の五輪塔。

ものもあったりするので、維持管理だけでなかなかたいへんだ。最近の都会では墓地を確保すること自体、場所も少なくお金もかかり、苦労することを思えば、贅沢な話かもしれないが、わたしとしては、いっそのこと先祖全部の墓が裸の自然石であってくれたらいいのにという思いすらする。「児孫の為に美田を買わず」といったのは西郷南洲《さいごうなんしゅう》（隆盛《たかもり》）だが、子孫がお守りをしなければならない大きなお墓がたくさんあるのも頭痛の種だ。

そんなこともあって、わたし自身の墓は自作のやきものではどうだろうと考え、信楽《しがらき》の土で五輪塔のようなものを作ったことがある。庭先においてあったところ、ある人から譲ってくれといわれ、その後いくつか焼いているが、たいてい他人の手に渡ってしまった。

いまでは小振りの自然石をもって墓石にしたいと考えており、家内にも前からそんな意思を伝えている。そろそろ適当な石を探さなければと思っている。

＊1　細川頼之　1329〜1392。南北朝時代から室町時代初期にかけての武将。足利尊氏方として四国・畿内を転戦、南朝方と戦う。1367年足利義詮（よしあきら）の遺命により管領として幼少の将軍足利義満を補佐し、数々の政策や軍略で幕府の権力強化に尽力した。和歌、連歌、詩文を愛好し、禅宗に深く帰依し多くの寺院を建立した。

＊2　細川光尚　1619〜1649。細川家4代。熊本藩主2代。熊本藩初代藩主・細川忠利の長男。1637年、父とともに「島原の乱」に参陣して武功を挙げた。1641年、父の死去により家督を継ぐ。翌年、阿部弥一右衛門の遺族による反乱が起こり鎮圧したが、この事件の顛末をもとに森鷗外が『阿部一族』を書いている。

＊3　鞍馬石　京都府鞍馬山系の山中から産出する花崗岩（かこうがん）。土壌に鉄分が多いため、表面が赤茶色に覆われている。

第四章

芸術家のいる庭

庭と絵画

襖《ふすま》絵《え》と庭が織りなす世界

永青文庫《えいせいぶんこ》（細川コレクション）には熊本城ゆかりの庭園を描いた三巻の絵がある。杉谷行直《すぎたにゆきなお》と内尾栄一《うちおえいいち》というふたりの熊本藩画師の手になるもので、幕末の作品である。描かれた庭は、「陽春庭《ようしゅんてい》」「二《に》の丸庭《まるてい》」「水前寺庭《すいぜんじてい》」の三庭で、現存するのは水前寺庭だけだから、克明に描かれたこの絵図（116~117ページを参照）は、熊本藩の庭のみならず、江戸の大名庭園の結構を窺《うかが》うにはよい資料だろう。

陽春庭と二の丸庭が失われたのは一八七七年（明治一〇）の西南戦争の折だ。陽春庭は熊本城とは坪井川《つぼいがわ》を挟んで城の南に位置していた藩主本邸の東南にあった庭園である。二の丸庭はお城の北西に隣接していた二の丸屋敷に設けられたもので、現在は二の丸公園として生まれ変わっている。

絵図によると、水前寺庭とともに陽春庭が水を中心に構成されていることがわかる。熊本城

苔を大海に見立てた枯山水庭園、大徳寺聚光院方丈南庭「百積の庭」の前にて。
写真／秋元孝夫

下が阿蘇山《あそさん》の伏流水に恵まれた立地であることは「ワマカシとモッコス」の項でふれたから再説しないが、小高い山上にそびえる城と、周囲を取り巻く水と緑豊かな三庭は、スケールの大きな景観を見せていたであろうことが、この絵巻から偲ばれる。

大名庭園のような規模ではないが、寺院に付属する庭も当然、建物との組み合わせにおいて鑑賞すべき場合が多々ある。寺院の庭が建築と無縁ではない以上、それは当然であるが、たとえば方丈の襖絵などと一体化させることによって、限られた空間のなかで大きな広がりを演出したものがあって、造園の思想を考えるうえでも興味ぶかい。

大徳寺《だいとくじ》の塔頭《たっちゅう》のひとつ聚光院《じゅこういん》は茶道三千家の墓所のあることで有名だが、ここの方丈南庭は、襖絵と庭が有機的に組み合わされてひとつの世界を表現している好例だろう。

聚光院方丈南庭は千利休《せんのりきゅう》の作庭だという伝承のあるもので、その当否には議論もあるようだが、点在する石組から「百積《ひゃくせき》（石）の庭」と呼ばれている。一方、方丈の五室は、狩野松栄《かのうしょうえい》・永徳《えいとく》父子[*1]の筆による四十六面からなる水墨の襖絵で飾られている。画題は「四季花鳥図《しきかちょうず》」「琴《きん》棋書画図《きしょがず》」「竹虎遊猿図《ちくこゆうえんず》」「瀟湘八景図《しょうしょうはっけいず》」「蓮池藻魚図《れんちそうぎょず》」で、各室に座して板張りの廊下をあいだに庭を見ることができる設定である。

いまは、方丈内の墨色と庭の苔や樹木の緑が対照的で、それはそれで美しい景観をなしているが、苔は後世のもので、本来は白砂が敷かれていたという。またひとつの景色をなしている庭中の松も江戸時代の終わりころからのもので、作庭当初はなかったという。そうしてみると、創建当初の、室内の水墨画と白砂に石組という結構は、色彩的にも一体としての世界を形成していたことがわかる。画題も画風も中国的なものが主だが、当時の禅が唐様文化と密接な関係にあったことを考えれば、人びとはこのような空間のなかで禅的な空気を体感していたことが窺われる。

立体絵画としての庭

ここに「四季花鳥図」があることも興味ぶかい。というのはこの襖絵に先立つ同趣の絵として狩野元信《もとのぶ》*2による「四季花鳥図屏風」の存在を思い浮かべるからだ。現在は白鶴《はくつる》美術館の有に帰しているが、この屏風は元来が興福寺の什物《じゅうぶつ》で、これが「楽園」の表現であることについては多くの研究がある。

白鶴美術館の「四季花鳥図屏風」は極彩色の絵で、太湖石の散在する水辺に孔雀その他の鳥たちが華やかに描かれ、画中に入ることができるなら、そのまま極楽浄土世界の人になれそうだ。一方、聚光院の「四季花鳥図」は、元信の孫に当たる永徳の筆とされ、墨画によるものだけに、色彩的な豪華さはないが、それがかえって清浄世界を表わしているかに見え、いかにも石組の庭に相対するにふさわしい。

聚光院における庭と方丈との組み合わせが、禅のなかに組み込まれた浄土世界を暗示するのに対して、同じ大徳寺の塔頭のひとつ、大仙院《だいせんいん》の庭は、座禅石のような禅そのものの主題のなかに鶴亀や宝舟といった神仙的な造形が取り入れられ、また違った禅寺の庭の相貌を見せてくれる。ここでも方丈と庭とは、密接に結びついて展開されているが、その関係のあり方は聚光院のそれとは異なっている。

大仙院方丈の書院をめぐる庭空間は、聚光院とは違って、すぐ眼の先に立つ白壁に視界が遮られ、町屋の坪庭に近い感じを受ける。しかし、そこに配された石の数々は、ひとつひとつが意味と表情をもっていて、目を凝らせば大きな世界が広がっていることを知ることができる。ここでは、庭そのものが立体絵画のように構成されていて、絵のないところにわたしはかえって絵を感じる。縁側の板を踏みしめてそれら石を眺めつつめぐると、人は自ずと人生という名

狩野元信筆「四季花鳥図」
金箔地に極彩色で緻密な描写の花草、樹石、禽鳥（きんちょう）を配する。
白鶴美術館蔵

のギャラリーのなかを歩んでいることを思うのではなかろうか。大名庭園や中国の名園とは違った形、規模の回遊式庭園といえるものだが、簡潔で深い味わいは、わたしにとって大庭園に勝ること万々である。

三万里程を尺寸に編《あ》む

絵と庭ということで思い浮かべる京の寺としては、智積院《ちしゃくいん》を忘れるわけにはいかない。いうまでもなく長谷川等伯《はせがわとうはく》*3の金碧障壁画《きんぺきしょうへきが》で名高い東山《ひがしやま》山麓の真言《しんごん》の大寺であるが、それだけではなく、ここの庭は中国の画僧で山水画をよくした玉澗《ぎょくかん》*4の絵に範を取ったものといわれ、絵画的な庭を考えるうえで欠かすことができない。

一日、庭を拝見すべく智積院を再訪した。

わたしにとって興趣が湧いたのは、大書院前の庭に配された細長く蛇行する池泉と築山で、それぞれ長江《ちょうこう》と廬山《ろざん》を表現したものという。「三万里程を尺寸に編む」のが庭とすれば、これほど庭らしい庭もないといえよう。廬山といえば陶淵明《とうえんめい》であるが、そのことは「陶淵明と借景《しゃっけい》」の項でふれた。ここでは白楽天《はくらくてん》が淵明をしたって詠んだ詩を引く。「陶公《とうこう》の旧宅を訪う」の一部である。陶公とはもちろん陶淵明のことだ。

柴桑《さいそう》の古村落
栗里《りつり》の旧山川
籬《まがき》の下の菊は見えずして
但《た》だ余すは墟《きょ》の中の煙のみ
子孫　聞こゆる無しと雖も
族氏は猶お未だ遷《うつ》らず
姓は陶なる人に逢う毎に
我が心をして依然たらしむ

柴桑、栗里は淵明の故地で、長江の南岸に位置する。わたしも廬山訪問の折に、依然たる（懐かしい）心を抱いて柴桑に行ってみたが、彼の旧宅はもちろん影も形もなく、その佇《たたず》まいを詩によって脳中に思い浮かべるほかなかった。智積院の作庭に携わった運敞《うんしょう》僧正にとっては、長江も廬山もさらに遠く、絵や文学を通してよりほか知る由もなかっただろう。そう考えれば、この庭は僧正にとっての「胸中の山水」ともいえなくはない。そしてまた、この庭のなかには庭園とともに絵画と詩文が共存しているともいえ、「三万里程」は物理的な大きさをいうだけではなく、歴史や文化を包含した大きさとも解することができる。運敞僧正の胸中になにがあったか。それを知る手だては、わたしには持ち合わせがないが、そんなことを思いながら、智積院を辞したのだった。

＊1 **狩野永徳** 1543〜1590。安土桃山時代を代表する画家。狩野松栄は永徳の父。豪壮で絢爛たる永徳の大画面様式は、新時代の覇者である織田信長、豊臣秀吉の共感を呼び、安土城、聚楽第など当代を代表する建築物の障壁画はすべて永徳の指導下に制作された。代表作は「唐獅子図屏風」「洛中洛外図屏風」など。

＊2 **狩野元信** 1476〜1559。室町時代後期の画家。狩野派の始祖・狩野正信の子ども。幕府をはじめ宮廷、公武、町衆など幅広い需要に応じるべく、多数の門人を率いて障壁画から絵馬、扇画面にいたるまで精力的に制作した。

＊3 **長谷川等伯** 1539〜1610。桃山時代の画家。長谷川派の祖。能登国（石川県）七尾に生まれる。智積院の障壁画は桃山時代を代表する傑作のひとつに数えられる。他にはわが国の水墨画史上最大の傑作といわれる「松林図屏風」がある。

＊4 **玉澗** 生没年不詳。中国南宋の画家。玉澗画は室町時代に輸入されて高く評価された。とくに雪舟の「破墨山水画」に直接の影響を与えている。

智積院大書院にて阿部龍文（あべりゅうぶん）猊下（げいか）と語らう著者。
写真／秋元孝夫

雪のごとく、また舟のごとく

雪舟《せっしゅう》の絵

わたしは絵を見るのが好きだが、濃彩のものよりも淡彩や墨絵のほうに、より気持ちのやすらぎを覚える。

その点、雪舟[*1]の絵は墨画が多く、色を使う場合も設色が控えめで、日本の画家のなかでは好もしい画風だ。ことに「秋冬山水図《しゅうとうさんすいず》」（国宝、東京国立博物館蔵）のような山水画を見ると、縦、横、斜めの勁直《けいちょく》な墨線で構成された簡潔な画中に無限の天地の広がりを描ききっていて、雪舟の筆の強さというものを感ずる。

雪舟はよく知られるように作庭にも才能を発揮した。もっとも名高いのは山口市の常栄寺《じょうえいじ》の庭だが、真偽定かでないものを入れると雪舟作と伝えられる庭はかなりある。それらのなかで伝承や作風から雪舟作庭の確度が高いとされるのが医光寺《いこうじ》と萬福寺《まんぷくじ》の庭で、かねて一度行ってみたいと思っていたが、晩秋の一日、小閑を得たので、両寺のある島根県益田《ますだ》市に遊び、年来の願いをかなえることができた。

益田のふたつの庭

雪舟終焉の地ともされている益田は中世の豪族益田氏の居城があったところで、日本海に面した、いまは静かな小都市だ。医光寺と萬福寺は益田氏にゆかり深い寺で、雪舟も益田氏の招きで当地に来て活動した。

両寺院の庭は、ふたつともにそう大きなものではない。しかし大きさ、奥ふかさを感じさせる庭だ。しかも立体的な構成をもっている。わたしが面白く感じたのは、テーブルのように頂面の平らな石と奇峰のように屹立《きつりつ》する石とが、ときに対峙し、ときに調和しながら競演するその石使いだ。そしてどちらの庭にも深いパースペクティブがあって、目線の行き着くところに筍《たけのこ》のような形をした小振りな石を据えている。それらは先入観のせいか、雪舟の絵の力のこもった墨線にも見え、また彼の山水画の遠景に添えられる奇峰の形にも重なる。

同時に、これらの庭を見ていて思い起こすのが「天橋立図《あまのはしだてず》」(国宝、京都国立博物館蔵)だ。天橋立は、細川幽斎《ほそかわゆうさい》の居城があった場所に近く、細川ガラシャにも縁ある地で、わたしも何度か訪れたことがある。雪舟のその絵は、だから親しみひとしおのものがあるし、リアルな表現に感心もするのだが、雪舟が描いたような中空から見ることのできる視点は天橋立の周囲のど

医光寺（上）と萬福寺（下）の庭の石組
両庭園とも国の史跡及び名勝に指定されている。

雪舟筆「天橋立図」国宝
20枚の紙に描いて貼り継いで仕立てている。社寺の名や島名を書き込んだ一種の真景図。
写真提供／@KYOTOMUSE（京都国立博物館）

こにもない。研究者によると、地上九〇〇メートルから見ると、このような光景になるという。現代ならば、ヘリコプターでも飛ばせば可能だろうが、室町時代には望むべくもないことだ。

画家は地面から見た個々の風景を頭のなかで再構成して鳥瞰図《ちょうかんず》にまとめていったわけで、そこに雪舟がもつ立体的な構図に対する独特な感性を見ることができる。

益田のこれらの庭に接するとき、人はお堂のなかか縁側、あるいは地上から見ることになる。しかし作り手の意識のなかには、もうひとつの中空からの視点が用意されていたように思う。そのような複眼的な視覚が、構想の豊かな、立体性に富む庭を作り出したので、それは「天橋立図」の構成に通底するものだ。こういう複眼的な視覚は優れた芸術家のひとつの資質だから、それでもって断定することはできないが、益田の両庭の構成に、わたしには雪舟その人の目線が感じられるように思われた。

「雪舟」号と「心画」

雪舟の前半生は、京都相国寺《しょうこくじ》で修行をしたことや、その後、周防《すおう》（山口県）に赴《おもむ》いたことなど以外、あまり明瞭ではない。画僧としては、初め拙宗《せっしゅう》と称していたようだ。拙宗の落款《らっかん》のある絵も伝わっていて、雪舟とよく似た画風を示している。それが雪舟を名乗ったのは、中国元《げん》代の禅僧楚石《そせき》老人*2が書いた「雪舟」の二字を得て、それを龍崗真圭《りゅうこうしんけい》という僧に解いてもらってからだという。その意は、雪は地を覆って表裏ともに白く清らかで、舟は水に浮かんで東西南北自在に動くが杭につながれているときは静止する。前者は「真」、後者は「用」を表わし、この両者を理解して絵を描けば「心画」と呼ぶべき神品ができる、というところにある。

　寺院のなかの地面に、池を掘り、石を立てるという作業にも、雪舟は静と動を対比させ、此岸《しがん》と彼岸《ひがん》をつなぐ真の世界を表現しようとしたに違いない。益田のふたつの庭中のあれこれに雪舟の絵の筆触が重なるような気もした。

＊1 雪舟　1420～1506。備中国（岡山県総社市）に生まれる。室町時代に活躍した水墨画家で画聖とも称えられる。10歳のころ京都・相国寺に入り、その後、明に渡って中国の水墨画を学ぶ。作品には「天橋立図」「秋冬山水図」「慧可断臂図（えかだんぴず）」など国宝も多い。
＊2 楚石梵琦　中国元時代の天寧寺にいた名僧。雪舟は楚石より「雪舟」の字号を入手した。また楚石は日本僧や高麗僧に詩や偈（げ）を与えており、日本には入元僧が持ち帰った手紙や賛が多数残っている。

池大雅《いけのたいが》と「十便図《じゅうべんず》」

隠棲《いんせい》の便宜

わたしがもっとも好ましいと感じている日本の文人画のひとつに池大雅と与謝蕪村《よさぶそん》の合作になる「十便十宜図《じゅうぎず》」がある。これは一七世紀、明《みん》の末から清《しん》の初めにかけて生きた中国の文人李漁《りぎょ》*1の詩「伊園《いえん》十便十二宜詩」に題材を取り、十便を大雅、十二宜を蕪村が担当したものだが、十二宜のほうは、実際は十詩しかなく、絵も十宜で、十便とともに二帖になっている。川端康成《ばたやすなり》*2さん遺愛の画帖としても知られている。

李漁は、明朝の臣で、清朝になるや南京《ナンキン》に隠棲して余生を送った。伊園はその別荘の名である。山麓に廬《いおり》を結んで、世を捨てて生きることに対して、ある人から「静かは静かでいいでしょうが、不便ではないでしょうか」と問われ、「山水自然の利を受け、花鳥慇懃《いんぎん》の奉を享《う》く。その便、実に多くして、未《いま》だことごとく数うるあたわず」と答えたと自らいっている。その具体的な便宜を述べたのが「伊園十便十二宜詩」にほかならない。わたしなど共感するところまこ

池大雅筆「釣便」(上)、「吟便」(池大雅・与謝蕪村「十便十宜図」より)

大雅の人物は飄逸味(ひょういつみ)にあふれている。

川端康成記念会蔵　写真／日本近代文学館

とに大である。

十宜のほうは次項に譲って、ここで十便を記すと、「耕便《こうべん》」「課農便《かのうべん》」「釣便《ちょうべん》」「灌園便《かんえんべん》」「汲《きゅう》便《べん》」「浣濯便《かんたくべん》」「樵便《しょうべん》」「防夜便《ぼうやべん》」「吟便《ぎんべん》」「眺便《ちょうべん》」となる。農耕によく、川や山からの水があって、釣りにも、畑に水をやるのにも、水仕事にも不自由なく、静かに眠れ、山で薪を集めることもできる。また、山水を詩に詠じ、その風光を楽しむことができるということだ。晴耕雨読そのままの生活で、文字を眺めているだけでも、わずらわしい宮仕えから解放された李漁のしみじみとした喜びが伝わってくる。

大雅の描く文人世界

そのいかにも心楽しい光景が、大雅の手を経て眼前するのが「十便図」で、印刷物を通して見ているだけで、豊かな気分になる。大雅自身の理想や生き方が、李漁の詩意とぴったりと重なり合い、なんともいえずのびやかな文人生活の表現となっている。とくに田園のなかの家屋や人物の簡潔な描線はすばらしく、思わず画中に引き込まれる。そこには、各々わずか一八センチ四方に満たない画面とは思えない豊かで広い世界が広がっている。

たとえば「釣便」を見てみると、家のすぐ下を流れる川に主人公が釣り糸を垂れ、背後の部屋では客人が談笑している。わざわざ舟で乗り出さずとも、軒下に座ったまま獲物を釣って、客人に酒の肴《さかな》を供することができる。「吟便」では窓を開け放った室中で山を眺めながら筆を手にする主人公がいる。これなら詩想も自ずと湧《わ》いてきそうだ。

李漁が伊園を営んだ南京は、北宋《ほくそう》の改革者王安石《おうあんせき》*3が政界から身を引き隠棲した鍾山《しょうざん》も近い。わたしは彼の詩も好きで、大雅の「十便図」が描く明るい彩色の田園風景を眺めていると、

澗水《かんすい》声なく竹を繞《めぐ》って流る
竹西《ちくせい》の花草《かそう》春柔《しゅんじゅう》を弄《ろう》す

といった王安石の詩「鍾山即時《しょうざんそくじ》」なども自ずと思い浮かんでくる。

大雅の人柄

大雅の人となりは、伴蒿蹊《ばんこうけい》*4の『近世畸人《きじん》伝』によれば、「外疎《そと》放《そほう》にして内実修《うちじつしゅう》、人と交て謙《けん》遜《そん》し、しかもおもねらず」という人柄で、利害得失にはまったく頓着しなかった。次のようなエピソードが残されている。

あるとき大雅が大名のために金屏風《きんびょうぶ》を描いたところ、謝礼に三十両を貰った。大雅はそ

の金を包みのまま床の間に置いて寝てしまった。翌朝になってみると、床の間の壁が切り抜かれている。妻の玉蘭《ぎょくらん》は盗人が入ったらしいことに気づき、昨日の金の置き場所を訊くと、大雅は床の上に置いたがないのなら盗人が持っていったのだろうといっただけで平然としていた。その後、門人が壁を繕《つくろ》うようにいうと、ちょうど夏のことで、風が入って都合がいいし、夜中に小用に行くのも戸を開けずにすむからそのままでいいと答えた。

これを紹介している近代学芸史研究家の森銑三《もりせんぞう》さんも、話自体の真偽のほどは疑っているが、似た趣の逸話はいくつかあり、夫婦ともども、身なりにかまわず、貧乏を気にせず、ふだんの行ないも一般の人から見ると奇行に類することが多かったようだ。脱俗の人柄は画風によく表われているというべきだろう。

＊1 李漁　1611～1680。中国明末期清初期の劇作家・小説家。李漁は脚本を書くだけでなく劇団も組織し、監督・役者も務めた。戯曲『笠翁十種目』、小説には『覚世名言十二楼』『無声戯』などがある。

＊2 川端康成　1899～1972。大阪生まれ。小説家。東京帝国大学卒業後、横光利一、中河与一、今東光らと『文芸時代』を創刊。斬新な文学を発表し新感覚派と呼ばれた。『伊豆の踊子』『千羽鶴』『山の音』『眠れる美女』など数々の傑作を生み出し、1986年にはノーベル文学賞を受賞した。

＊3 王安石　1021～1086。中国北宋の政治家・詩人・文章家。1058年政治改革を訴える上奏文を出して、そのすばらしい文章で大きく注目された。1070年には主席宰相となり新法を実施し、本格的に改革を始める。しかし、それは守旧派官僚、大商人や大地主など既得権を持つ者から激しい反発を受け、挫折した。

＊4 伴蒿蹊　1733～1806。江戸時代中期の歌人・文筆家。京都三条の富裕な商家に生まれる。近江八幡の本家の養子となるが36歳で隠居、その後、著述に専念した。蒿蹊の著作『近代畸人伝』は約90人の著名人から無名の人びとまでを描いた伝記集として有名である。

与謝蕪村《よさぶそん》と「十宜図《じゅうぎず》」

十宜の風光

池大雅《いけのたいが》の「十便図《じゅうべんず》」が、山麓での閑居の生活の便と快適を表現したものであるのに対して、与謝蕪村の「十宜図」は四季折々、朝晩、天候による風光の楽しみを描いたものだ。俳人でもあった蕪村には格好のテーマで、尾張《おわり》の素封家下郷学海《しもさとがっかい》*1との推定もある発注者の着眼のよさが窺《うかが》われる。

十宜とは、「宜春《ぎしゅん》」「宜夏《ぎか》」「宜秋《ぎしゅう》」「宜冬《ぎとう》」「宜暁《ぎぎょう》」「宜晩《ぎばん》」「宜晴《ぎせい》」「宜陰《ぎいん》」「宜雨《ぎう》」「宜風《ぎふう》」で、その意は文字を見るだけで明らかだろう。

蕪村は、このうち「宜冬」「宜晩」「宜晴」「宜陰」の四図は墨画を主にし、ほかは彩色で表現している。大雅が全体を淡彩で描き、文字も薄墨で書いて、駘蕩《たいとう》とした淡雅な雰囲気で統一しているのに比べると、蕪村の場合は墨色が強く、明晰《めいせき》ではあるが、若干硬く風韻に乏しい感がある。書画の味わいとしては、この「十便十宜図」に限れば、大雅に一日の長があるような気もするが、画業をもっとも得意とし円熟の境にあった大雅と、自らの画風を確立する途上にあった蕪村を並べて評するのは公平を欠くというものだろう。

寡欲《かよく》の人蕪村

大雅の脱俗ぶりは前項で見たとおりだが、蕪村もいたって寡欲の人だった。あるとき、その寡欲な蕪村が富籤《とみくじ》を買った。それを知った弟子が不審にたえず、どうしたことかと問うと、その答えは次のようなものだった。

自分はまだ上絹の屛風《びょうぶ》を描いたことがなく、一度は絵の具を尽くして一代の傑作ともいうべきものを描いてみたいのだが、ご存知のとおり赤貧洗うがごとくで、屛風を買うカネがない。それで苦慮した結果、富籤を買ってみた。もし幸いにこれが当たれば屛風を買って、そこに心血を注いで絵を描きたいものだ。

弟子たちはこれを聞いて、篤志の人を集め、屛風講というものを組織し、蕪村に屛風を供したという。

蕪村の絵では、たまらなく好きな一点がある。「夜色楼台図《やしょくろうだいず》」がそれだ。横長の画面の下部に町の屋根屋根、中段に雪を戴いた山並みが白く連なり、上半は濃淡の墨色で暗い空が描かれ、白点で降りしきる雪が表現されている。色はわずかに一部の家屋に代赭《たいしゃ》を刷《は》いただけで、冬の夜の町の静寂があざやかに切り取られている。京の町と東山《ひがしやま》の光景が下地にあるのだろうが、なによりも蕪村の胸中の山水と見るべきだろう。蕪村一代の傑作は、屏風ではなく、天地二八センチのこの横幅《よこふく》だというのがわたしの思いだ。

離俗《りぞく》、去俗《きょぞく》

蕪村は、人から俳諧の道を訊かれて、「俳諧は俗語を用いて俗を離るゝを尚《たふと》ぶ、俗を離れて俗を用ゆ、離俗法最《もっとも》かたし」と答え、さらに、画家には去俗の論というのがあって、俗を去るのには多く書を読んで書巻の気を上げ、市俗の気を下げるほかに方法はない、詩と俳諧もそれと違いはない、といったという。

与謝蕪村筆「宜秋」(池大雅・与謝蕪村「十便十宜図」より)
川端康成記念会蔵　写真／日本近代文学館

与謝蕪村筆「夜色楼台図」
題字に「夜色楼台雪万家」と江戸の禅僧の詩からとった自筆の書があって、この字もいい。

蕪村にあっては、画業も俳諧もたしかに生計の道ではあっただろうが、「離俗」「去俗」こそが生命であった。それは大雅の巧まざる「脱俗」とは少し違うが、蕪村の生き方を律するものでもあったに違いない。

「君あしたに去りぬゆふべのこころ千々《ちぢ》に／何ぞはるかなる」で始まる近代詩のような「北《ほく》寿老仙《じゅろうせん》をいたむ」や、「やぶ入《いり》や浪花《なには》を出《いで》て長柄川《ながらがわ》／春風や堤《つつみ》長うして家遠し」に始まって、俳句、漢詩、自由詩を交互に重ねた「春風馬堤曲《しゅんぷうばていのきょく》」などは、時代の俗流からは生まれない独歩の詩境ではなかろうか。

蕪村の俳句で好きなものは数多くあるが、ここでは次の一句を挙げる。

月天心貧しき町を通りけり

＊1 **下郷学海**　1742～1790。江戸時代中期の俳人。尾張（愛知県）鳴海宿で代々「千代倉」といわれた豪商の家に生まれる。俳諧は横井也有（よこいやゆう）に、国学を伴蒿蹊（ばんこうけい）に、絵画は池大雅に学んだ。

吉野太夫《よしのだゆう》の露地

灰屋紹益《はいやじょうえき》と吉野太夫

本阿弥光悦《ほんあみこうえつ》*1は桃山時代から江戸初期を通じての文化芸術世界の巨人だが、晩年の光悦の側近くにあって、あたかも祖父に対するかのようにその人に接した人物に灰屋紹益がいる。

紹益は光悦の孫に当たる空中斎光甫《くうちゅうさいこうほ》*2と同い年で和歌や茶の道にも造詣が深く、その当時きっての教養人のひとりであったが、若かりしころ、京でその名も高かった名妓《めいぎ》吉野太夫との熱烈なラブロマンスは、京では知らぬ者がないほど有名な話であったという。

吉野太夫はもと武士の娘で父から和歌や茶の道を仕込まれ、また心ばえの優れた人だったようだが、父が急逝し、やむなく苦界に身を沈め浮舟と名乗っていた。しかし、世にも稀《まれ》な美貌に加え、風雅の道にも通じていたので、心得のある公卿や商人たちはみなこぞって浮舟を指名したという。ある席で、浮舟は「ここにさへさぞや吉野の花ざかり」の句を詠んだことからその才気を謳《うた》われ、以後、吉野太夫と呼ばれるようになったといわれている。

紹益もそんな太夫に惚れ込み、ライバルたちと激しくサヤ当てを演じた末に、恋は成就し、紹益は吉野太夫を身請けすることになる。しかし、遊女を囲うというならまだしも、妻に迎えたとあって紹益の父紹由《じょうゆう》は激怒し、ついに紹益を勘当してしまう。

陋屋《ろうおく》の露地

その紹益が勘当されて市中に侘《わ》び住まいしていたころのエピソードとして、こんな話が伝えられている。以下は中野孝次《なかのこうじ》氏描くところの『本阿弥行状記』からの抄録だ。

あるときにわか雨があって、自邸の軒先にひとりの老人が雨宿りしているのを吉野太夫がみとめ、小女に命じてなかに招じ入れた。老人がよろこんで出された円座《わらふだ》に腰掛け、露地の様子を見ると、灯籠や飛石の構え、木の植えよう、まことに奥床《おくゆか》しい。いったいどなたの住居であろうと感心していると、また小女が出てきて、薄茶にても進ぜたいというあるじの申し出を伝える。老人が囲いのなかに入り、そこへ女あるじが現われ挨拶をしたが、容色の美しさは輝くばかり、しかもことばつき気高く少しも驕慢《きょうまん》の色がない。陋屋に住む身なのに気品といい、物言い立居振舞いのみごとなことといい、とても並の人とは見えぬ。老人はいぶかりながらも、女がみごとな手さばきで茶を点《た》てるのに感服し、茶を馳走になって帰った。その老人がじつは紹益の父紹由で、老人は人に尋ねて彼女こそ息子紹益が妻に迎えた吉野太夫と知り、勘当をゆるしたというのである。

さて、私も吉野太夫に魅かれて、思わずその話が長くなったが、話を本題に戻そう。私がここでいいたかったのは、右の話に出てくる露地のことだ。

利休《りきゅう》の露地

露地とはひと口にいえば茶庭のことで、路地といわないところに深い意味がある。露地とい

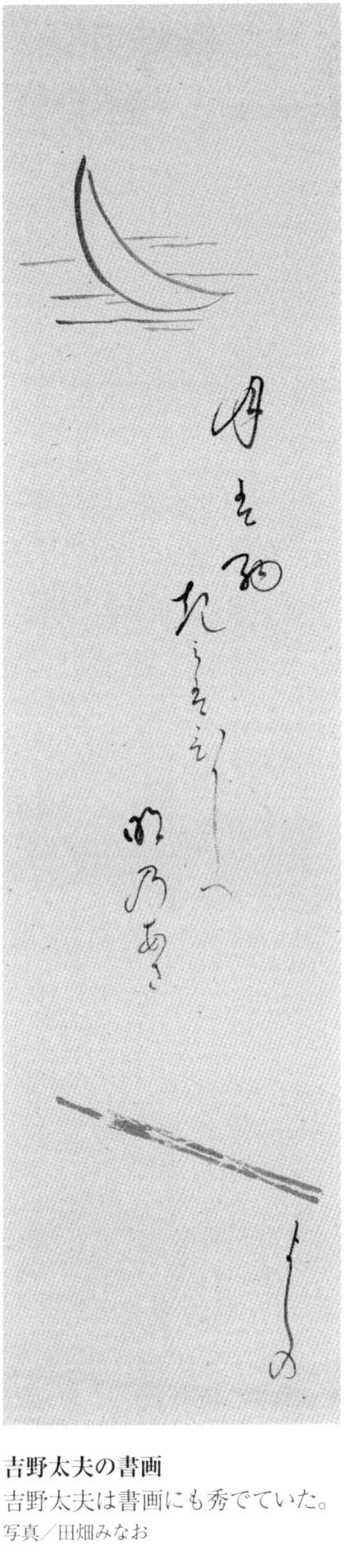

吉野太夫の書画
吉野太夫は書画にも秀でていた。
写真／田畑みなお

うは法華経《ほけきょう》の譬喩品《ひゆぼん》に出てくることばで、この現世を火宅に喩え、悟りの世界を露地としている。草庵小座敷の茶室が仏法をもって修行、得道《とくどう》する場と考えられ、その茶に高い精神性が求められたとき、そこに至る通路はもはや単なる実用的な路地ではなくなった。『南方録《なんぽうろく》』によれば、要は、露地は草庵寂寞《じゃくまく》の境の総称ということで、千利休《せんのりきゅう》は通路としての路地を「境」として捉え、草庵と一体的なものとして「境」を庭と考えたとするのである。

『南方録』は元禄《げんろく》のころの偽書であるとする書誌学的研究もあるが、利休の茶の一理解として、しばらくその説くところにしたがうと、利休がこの露地を茶庭としたのは「世間のけがれをすゝぐ」、清浄《しょうじょう》の心地を表わすものであるといい、それは俗世間と遮断された悟りの場所でなくてはならないとしている。したがって利休が考えた露地という庭は書院の庭のように戸を開けはなせば美しい庭園が見渡せるというものではなく、見ることを目的としない、茶室において精神集中をするための一身清浄、無一物の世界でなくてはならなかった。

しかしながら露地がそのような意味をもった庭であるにしても、その庭の作りように人それぞれの好みが反映したこともまた当然である。利休は桃とか枇杷《びわ》の木を嫌い、松、樫《かし》、ぐみなどを植えたといわれるし、古田織部《ふるたおりべ》*3は花の咲く木はすべて植えなかったといわれるが、いずれにしても、利休以降の多くの茶人が露地にひとかたならず関心を払ったのは、利休が露地を単なる庭と考えなかったことが大きく影響しているに違いない。仏教にいう露地の思想を庭に適

仰松軒《こうしょうけん》の露地

仰松軒は肥後藩主細川家歴代の菩提寺、熊本の泰勝寺（たいしょうじ）跡に建っている。

写真／田畑みなお

用したのは利休ならではのたいへんな見識であり、茶庭を目ではなく心で見るべきものとしたことは画期的なことであった。

露地についての利休の歌と伝えられるものを最後に挙げておく。

露地はたゞ浮世の外の道なるに
こころの塵《ちり》をなどちらすらん

＊1 **本阿弥光悦**　1558〜1637。江戸時代初期の芸術家。刀剣の鑑定、研磨を家業とする京都の本阿弥家に生まれる。「寛永の三筆」のひとりとして位置づけられる書家、陶芸家、漆芸家など多方面の芸術に携わったマルチアーティストとして有名。

＊2 **空中斎光甫**　本阿弥光甫（こうほ）、空中斎は号。1601〜1682。本阿弥光悦の孫。鷹ヶ峰に移住し、光悦と親しく交わった。茶の湯、香、書画に巧みで、楽茶碗や信楽風の作陶にも才能を発揮し、その作品は空中焼と称された。

＊3 **古田織部**　1544〜1615。茶人・古田織部として有名だが、もともとは重然という名の戦国武将。千利休に弟子入りし、のちに利休七哲のひとりとされる。千利休が大成させた茶道を継承しつつ、独自な美意識を発揮してその嗜好は「織部好み」と呼ばれた。

しづやしづしづのをだまきくりかえし

みちのくの浄土の庭

夏艸《なつくさ》や兵共《つわものども》が夢の跡

芭蕉《ばしょう》が『おくのほそ道』に書き留めたこの句は、数ある俳句のなかでも、もっとも人口に膾《かい》炙《しゃ》しているもののひとつだろう。戦跡を訪《と》い、古城を見るたびにこの句を思い浮かべる人は多いに違いない。松島《まつしま》を経て奥州平泉《おうしゅうひらいずみ》に至った芭蕉の目に映じた情景をしばらく見てみよう。

三代の栄耀一睡《ええういっすい》の中《うち》にして、大門《だいもん》の跡ハ一里こなたに有。秀衡《ひでひら》が跡は田野《でんや》になりて、金鶏《きんけい》山《ざん》のみ形を残す。先高館《まづたかだち》にのぼれば、北上川《きたかみがは》南部より流るゝ大河也。衣川《ころもがは》は和泉《いづみ》が城《じやう》をめぐりて、高舘の下にて大河に落入《おちいる》。康《やす》（泰）衡《ひら》等が旧跡は、衣が関を隔て南部口をさしかため、夷《えぞ》をふせぐと見えたり。扨《さて》も義臣《ぎしん》すぐつて此城《このじやう》に籠り、功名《こうめい》一時の草村《くさむら》となる。

三代とあるのはいわゆる奥州藤原氏*1で、清衡《きよひら》、基衡《もとひら》、秀衡《ひでひら》を指す。近年、発掘・復元されて注目されている毛越寺《もうつうじ》*2の庭園を作ったのは基衡とされているが、平泉一帯の史跡は極楽浄土を希求した東北のつわものの夢の跡で、毛越寺庭園もそのひとつだ。よく知られるように、秀衡は零落の源義経《みなもとのよしつね》主従を庇護したが、秀衡を継いだ泰衡は源頼朝《みなもとのよりとも》*3の追及にあって、義経の追捕《ついぶ》に協力する。しかし、その報酬は藤原氏の滅亡でしかなかった。頼朝による義経と藤原氏へ

庭園となっている。

毛越寺の庭園
岩手県平泉町にある天台宗の寺院。庭園は大泉が池（おおいずみがいけ）を中心とした浄土式
写真／大和田秀樹

の厳しい処断は、現実の政治と権力のもつ過酷な一面を物語るが、その後の歴史はかならずしも勝者の味方ではなかった。わたしは、そこに人びとの心のひだを感じないではいられない。

英雄の条件

ヒーローが真のヒーローとなるには、強いだけでは不十分で、悲劇という荘厳《しょうごん》が必要らしい。戦いの現場では勝者こそ英雄だが、後世の歴史は敗者に同情の涙を注ぎ、その涙が敗者を英雄として育んでいく。ギリシャの戦士アキレスは弱点である脚の腱を射られて敗死する。『三国志』の豪傑関羽《かんう》は虜囚となって斬首される。しかし、その悲劇的な死こそが彼らを時空を超えた英雄たらしめる大きな要因だ。その点で、義経ほど英雄らしい英雄の条件を備えている日本史上の人物は稀である。武人として平家追討を果たした赫々《かくかく》たる功業、そして一転して実の兄から追われる身となり、ついに武蔵坊弁慶《むさしぼうべんけい》らと炎のなかで滅び去る。その悲運の物語を彩る母の常盤《ときわ》、愛妾の白拍子《しらびょうし》静《しずか》などなど。

『徒然草《つれづれぐさ》』第二二五段に次のような話がある。

道憲入道《みちのり》が舞のなかで興趣のあるものを選んで、磯《いそ》の禅師という女に教えて舞わせた。白い水干《すいかん》に鞘巻《そうまき》（短刀）を差させ、烏帽子《えぼし》をかぶって舞ったので男舞《おとこまい》といった。この禅師の娘で静というのがこの芸を継いだ。これが白拍子の起源である。

ここに出てくる道憲入道とは、源平の争乱のあいだに一時権勢を握り、平治《へいじ》の乱に敗れて首を晒《さら》された信西僧都《しんぜいそうず》*4である。静が義経の愛妾であることはいうまでもない。静の生い立ちもまた歴史の激動のなかにあった。

鎌倉とみちのく

鎌倉の追及を受けた義経主従は四国に渡ろうとして果たさず、一時、吉野、奈良方面に姿を隠す。そのとき、静は義経と別れるが、従者に裏切られ、山中を彷徨しているところを保護されて鎌倉に移される。そして美貌と舞で知られた静の芸を所望する、頼朝、政子《まさこ》*5夫妻の前で、ついに固辞することができず、鶴岡八幡宮《つるがおかはちまんぐう》に献じて踊りながら吟じたのが「しづやしづしづのをだまきくりかえし　昔を今になすよしもがな」だ。「しづ」は倭文《しず》で、文様のある織物、「をだまき」は苧環《おだまき》で、玉状に麻糸を巻いたものである。古歌に自らの名前と運命をかけたこの歌は、政子以下、聞く人びとを深く感動させ、涙を誘ったという。

わたしは少年時代、鎌倉で育った。由比《ゆい》ガ浜《はま》や若宮大路《わかみやおおじ》は馴染みぶかい場所だ。子どものころは、歴史の舞台という意識もあまりなく学校に通い、遊んでいたのだが、成人ののちに歩く

上村 松園《うえむらしょうえん》筆「静」

水干に烏帽子、白拍子姿の静御前。

東京国立近代美術館蔵

と、社寺や通りにまた格別の感慨がある。義経を想う悲しみの静が舞った鶴岡八幡宮には、本殿に至る階段の手前に舞殿が建てられている。その建物を見るとき、ひとりの武人と彼を愛した女性に対して、長い歴史のなかで民衆の心が培ってきたイメージの力に思いをいたさないわけにいかない。

八幡宮の近くには二階堂《にかいどう》という地名がある。これは、頼朝が鎌倉に平泉の中尊寺に模して建てた、永福寺《ようふくじ》の二階堂の名残である。いまは広い寺跡が残るだけだが、その庭園も毛越寺の庭に近いものだったという。自らが亡ぼした平泉だが、坂東《ばんどう》育ちの頼朝にとって、当時の奥州の文化は範とするに足るものだったのだろう。平泉を詠んだ芭蕉の句をもうひとつ記しておこう。

五月雨《さみだれ》の降残《ふり》してや光堂《ひかりどう》

＊1 奥州藤原氏 前九年の役・後三年の役ののちの1087年から源頼朝に滅ぼされる1189年までのあいだ、陸奥平泉を中心に出羽を含む東北地方一帯に勢力を張った一族。清衡、基衡、秀衡、泰衡と4代100年にわたって繁栄を極め、平泉は平安京に次ぐ日本第二の都市となった。

＊2 毛越寺 中尊寺と並び平泉を代表する寺院。慈覚大師円仁が開山し、主に藤原氏2代基衡、3代秀衡が再興し伽藍の造営に当たったが、藤原氏4代の滅亡により次第に勢力が衰えていった。毛越寺庭園は平安時代を代表する浄土式庭園といわれる。

＊3 源頼朝 1147〜1199。鎌倉幕府の初代征夷大将軍。源義朝の3男として生まれ、義朝が平治の乱で敗れると伊豆国に流される。1180年、高倉宮以仁（もちひと）王の令旨を受けて平氏打倒の兵を挙げ、壇ノ浦の戦いで平氏を滅ぼした。1192年に征夷大将軍に任官される。

＊4 信西僧都 1106？〜1159。平安時代末期の貴族・僧侶。保元の乱が起こると源義朝らと組み、後白河天皇を助ける。保元の乱後、信西は強引に政治の刷新を行なったため周辺勢力の反発を招く。後白河上皇が院政を始めると、反信西勢力が結集、平清盛が熊野詣でに出かけた隙に平治の乱が起きる。信西は義朝・信頼の軍勢に追われ、伊賀の山中で自害する。

＊5 北条政子 1157〜1225。北条時政の娘。伊豆に流されていた源頼朝と恋仲になり結婚。頼朝亡きあと、征夷大将軍となった嫡男・頼家、次男・実朝が相次いで暗殺されたが、北条政子は傀儡（かいらい）将軍として京から招いた藤原頼経の後見となり幕府の実権を掌握、尼将軍と称された。

庭のなかの天神さん

子規《しき》の庭と絵

作庭家とか庭師といわれるような人は別にして、通常の生活者にとっての庭は、仕事や家事の合間に憩う空間というのが存在理由の最たるものではなかろうか。しかし、庭の存在と切っても切れない関係のもとで生活し、芸術活動を行なった人もいる。わたしが思い浮かべるひとりは正岡《まさおか》子規だ。*1

結核性脊椎《せきつい》カリエスに苦しみつつ、「病牀《びょうしょう》六尺」のうちにほとんど寝たきりで後半生を送った子規にとっては、病間から眺められるさほど大きくもない自庭が視覚の限界だった。『仰臥《ぎょうが》漫録《まんろく》』は、そんな子規が死の前年から死の直前までの日常を綴った日記だが、一九〇一年（明治三四）九月二日の書き出しは次の三行である。

庭前の景は棚に取付《とりつい》てぶら下りたるもの

子規庵の庭（東京都台東区根岸）
正岡子規は1894年（明治27）から８年間をここで過ごした。部屋の外には、辞世の句にも詠まれた糸瓜が下がっている。
写真／子規庵保存会

夕顔二、三本瓢《ふくべ》二、三本糸瓜《へちま》四、五本
夕顔とも瓢ともつかぬ巾着《きんちゃく》形の者四つ五つ

そして、それらの筆墨によるスケッチを添えている。たしかに巾着のような形をしたものもある。

こうして始まった『仰臥漫録』は、俳句と闘病生活、死の予感、苦悶、そして間奏曲のような元気なころの思い出その他の雑感などが入り混じった独特の日記文学を形作っている。しかし、子規が筆にしたのは文字ばかりではなく、気が向くと、寝たままに見える風物を描いた。絵は本業でなかっただけに、病床の子規にとっての慰めだったろうが、即興性の強いその絵はそれなりの味があり、手許の文庫版の印刷を通しても、ときに悲痛な文章を読む者の救いとなっている。

九月のある日には、濃筆《だみふで》で朝顔を一輪描き、

朝兒《あさがお》ヤ絵ノ具ニジンデ絵ヲ成サズ

と書き込んでいるが、わたしなどは、その絵をなさなかったという朝顔の絵を面白いと思う。

子規の親友だった夏目漱石《なつめそうせき》は子規の没後に、かつて子規から貰った一輪の東菊《あずまぎく》の絵を評して、子規は人間として、また文学者としてももっとも「拙《せつ》」の欠乏した男であったが、わざわざ自分のために描いてくれたその絵のなかには、たしかに拙を認めることができると愛惜の情を込めて述べている。

子規筆「病室前ノ糸瓜棚」(『仰臥漫録』所収)
「病室前ノ糸瓜棚　臥シテ見ル所」と添書がある。
虚子記念文学館蔵

熊谷守一《くまがいもりかず》の庭

絵の「拙」といえば、熊谷守一[*2]は拙に徹した画家かもしれない。その拙は、絵では素人だった子規のそれと同日に語ることができないのはもちろんだが、「へたも絵のうち」と言い切る熊谷さんの生き方と絵に、わたしは尽きない興趣を感じる。そして熊谷さんもまた、晩年の十八年間の多くを自庭から出ることなく過ごした人だった。

九十一歳のときの自分の生活を熊谷さんはこう語っている。

ここ何年間も、毎日の日課は、ほとんど変わりません。朝、目をさますのは六時ごろ。軽いごはんをすませると、庭に出て植木をいじったり、ゴミをもしたりぶらぶらします。……以前はよく、書生さんに連れられて写生に行ったものですが、今は庭から外に出ない。[*3]

自ら「小さいもの」という東京郊外のその庭には、ミカンの類がたくさん植えてあり、スケッチに行った折々に一株ずつ取ってきて移植した木や草がいっぱい生えている。小さな池があり、かつては近くの石神井川《しゃくじいがわ》で捕ったタナゴ、小ブナ、小エビなどを放して喜んでいた。そんな環境のなかで、熊谷さんは草花や鳥や小動物を観察した。天気のいい日には庭にゴザを敷いて寝ころがって空を見たり、地面のアリなどを眺め暮らしたという。「地面に頬杖《ほおづえ》つきながら、アリの歩き方を幾年もみていてわかったんですが、アリは左の二番目の足から歩き出すんです」といい、カエルとも「付き合いが深い」という。いかにも熊谷流だ。

熊谷さんの絵は、余計なものを一切削ぎ落としてしまって、これ以上はない簡潔な線と色で対象を捉えてしまう。一見簡単なようでいて、だれも真似のできない独歩の境地であるが、それはこのような俗世間と没交渉ながい時間の果てにできてくるものなのだろう。そこには学ばずして老荘《ろうそう》の思想を体得してしまったかのような熊谷さんの生き方そのものが感じられる。

熊谷さんは、若いころ、美術学校で学んだり、樺太《からふと》に行ったりしていたが、三十歳のとき、母の死を契機に郷里である岐阜県に帰って、何年かを過ごしたことがある。当時は、山中でヒヨウ（日雇）という材木運びの丸太乗りもやった。のびるに任せた髭が長くなり、「天神さん」と呼ばれていたそうだが、晩年の写真を見ても長い髭に温顔が覆われている。白髪、白髭のその風貌は、さながら年取った天神さんだが、むしろ「庭中の仙」とでもいうべきものかもしれない。

熊谷守一筆「蟻」
シンプルだが自然への深い思い入れが感じられる。
熊谷守一美術館蔵

＊1 正岡子規　1867～1902。愛媛県松山市生まれの俳人・歌人。明治を代表する文学者のひとり。死を迎えるまでの数年間は結核から脊椎カリエスを患い、ほとんど病床での生活を余儀なくされながらも『病牀六尺』や『仰臥漫録』など優れた作品を残した。夏目漱石とは深い交友関係を保ち続けた。野球にも傾倒し、「バッター」「ランナー」「フォアボール」などを日本語に訳した。

＊2 熊谷守一　1880～1977。洋画家。岐阜県生まれ。1904年東京美術学校西洋画科を青木繁らと卒業し、翌年から農商務省の樺太調査隊に加わった。表現主義的な画風から、やがて平面的装飾画風に移り「熊谷様式」といわれる独特な様式を確立した。

＊3 『へたも絵のうち』熊谷守一（平凡社ライブラリー）より引用。

第五章

自然のなかの庭

夜の庭から
——月をめぐって

荒れた庭

現今の夜は、都市やその近くにいると、どこかに人工の光があり、真の闇になることはない。自然、月や星の光も淡く感じられ、その美しさに感動することも少なくなった。しかし、雪、月、花は日本の四季の味わいに欠かせないもので、電灯のない時代、ことに月の存在が人の心に占めた大きさはひとしおのものがあっただろう。それは庭の鑑賞とも密接に結びついているし、茶事にもひときわの風情を添えるものだ。千利休《せんのりきゅう》の高弟だった山上宗二《やまのうえのそうじ》*1の伝書『山上宗二記』にも、「月の夜は独りなるとも深更《しんこう》に及ぶべし」とあって、いい月の夜の茶湯は格別だといっている。

『徒然草《つれづれぐさ》』にも、月にまつわる話がいくつか出てくる。「よろずのことは、月見るにこそ慰むものなれ」とか「秋の月は、かぎりなくめでたきものなり」などといっているが、なかでもわ

酒井《さかい》抱一《ほういつ》筆「秋草図屏風」(部分)

月といえば秋、秋といえば秋草で、両者の組み合わせは文学·美術の格好の主題である。

HOYA株式会社蔵

たしが心惹かれるのは、第三二段に出てくる次の挿話だ。

九月二十日のころ、ある人に誘われて明け方まで月を見て歩いたが、あるところに来て、その知人が思い出したことがあって、案内を請い、とある家に入っていった。荒れた庭には露がいっぱいで、そこはかとない香が漂ってくる。人目をしのぶ住まいの様子がまことに興ぶかい。しばらくしてその知人は出てきたが、自分（兼好法師《けんこう》）は住人の様子が気になって、なお物陰から眺めていたところ、その家の主《あるじ》である女性が訪ね来た人を送り出した妻戸を、さらに少し開けて、月を見ている気配である。すぐに戸を閉じてしまったのでは、どんなにか風情もなく口惜しいことだろう。人を送ったあとまで見る人がいようとは、こうして密《ひそ》かに見てでもいなければ、どうして知ることができようか。こういうことは朝夕つねに心づかいをしていなければできることではない。

「その人、ほどなくうせにけりと聞き侍《はべ》りし」と結ばれている。短い文章だが、このような優雅な女性は、もはや過去にしか求めがたいという兼好の慨嘆が伝わってきて、いい短編小説のような余韻の残る話である。荒れてはいるが、小さな庭のある郊外の住まいにひっそりと住む心床しい佳人の姿があれこれ想像される。

侘《わ》びの美と月

これで思い起こすのが『枕草子《まくらのそうし》』の「女ひとり住むところは」という一節だ。「女がひとりで住むところはひどく荒れて、築地《ついじ》なども完全でなく、池などあるところも水草が生え、庭なども蓬《よもぎ》が茂ったりこそしないが、ところどころ砂中より青草がのぞき、さびしげなものにこそ風情がある」とあって、あまり体裁よく修理して、几帳面が目立つようなのは面白くない、としている。

桂《かつら》離宮《りきゅう》や修学院離宮《しゅうがくいんりきゅう》の庭には池がしつらえられ、秋ともなれば、そこに映る月を愛《め》でる集いが開かれたことだろう。それはそれでまことに美しいに違いなく、一度見てみたいとは思うが、秋草が生い茂った野辺の一角を切り取ってきたような荒れた庭から、ひっそりと中天に昇っていく月を見るのは、また格別の風情で、このほうがたしかに詩になり、絵にもなりそうだ。

中秋の名月も晴れた夜空に明るく出るにこしたことはないが、風流心がそそられるのは、むしろ三日月であったり、十六夜《いざよい》の月のほうかもしれない。また侘茶《わびちゃ》の祖とされる村田珠光《むらたしゅこう》*2が「月も雲間のなきはいやにて候」というとおり、流れる雲のあいだから見え隠れする月は幽玄の趣ふかく、見飽きない。

思うに、草に露おく荒れた庭といい、雲間のおぼろな月といい、整然とした幾何学美とか豪壮華麗な美とは対蹠的《たいしょてき》なところに「あはれ」を感じ、詩心とともに賞美してきたのが日本古来の美意識で、茶の湯の「侘び」もそこに連なるものであろう。不東庵《ふとうあん》の夜は、平安、室町の夜ほどの闇ではないが、市中から少し離れているし、木々に囲まれているので、かなり暗く、そのぶん月見にはよく、ありがたい。

月を詠み込んだ好きな短歌をひとつ左に。

木の間《こま》よりもりくる月の影見れば心づくしの秋はきにけり
（よみ人知らず『古今和歌集』）

＊1 **山上宗二**　1544～1590。安土桃山時代の堺の豪商であり、茶人。千利休の一番弟子。利休に20年間茶を学び、利休茶道の極意を皆伝された。茶匠としては信長、秀吉に仕えた。しかし、毒舌家で秀吉の怒りを買い、打ち首にされた。

＊2 **村田珠光**　1423～1502。室町時代中期の茶人。「侘茶」の創始者と目されている人物。奈良に生まれ、初めは僧侶だったと伝えられている。

僧はたたく月下《げっか》の門

武蔵野《むさしの》の面影

わたしの子どものころは、東京でも少し郊外に出れば武蔵野の雑木林があちこちに残っていたが、近ごろでは、そうした風情は日常からはすっかり遠いものになってしまった。いま、その面影を訪ねるとすれば、頭に浮かぶのは、まず平林寺《へいりんじ》（埼玉県新座《にいざ》市）あたりだろうか。関東平野の一角、野火止《のびどめ》に建つこの寺は、創建が南北朝時代（一四世紀）に遡《さかのぼ》る臨済宗《りんざいしゅう》の禅刹《ぜんさつ》だが、いかにも関東の田舎家を思わせるその茅葺《かやぶ》きの山門の前に立つと、まさに謡曲の「融《とおる》」にある「僧はたたく月下の門」ということばを想い起こす。

余談になるが、このことばは唐代の詩人賈島《かとう》の「李疑《りぎ》の幽居に題し」という作品が出典で、詩人は「僧は敲《たた》く　月下の門」とするのがいいか、「僧は推《お》す　月下の門」がいいかロバの背で悩んでいるうち、誤って時の名士でもあり詩文の大家でもあった韓愈《かんゆ》の一行にぶつかってしまった。これはいい機会と、韓愈に教えを請うと、「敲く」のほうがいいといわれたという。

「推敲《すいこう》」の語源であるが、脱俗の風《ふう》があって面白い。

それはともかく、一三万坪もあるという平林寺の広大な境内は、熊笹が生い茂るなかに赤松やコナラやクヌギの樹幹が立ち並び、野鳥の声がそのあいだを縫って聞こえてくる。こういう環境に身をひたすと、心が休まるのを覚えるのは、それがかつてはわたしたちを取り巻いていた原風景のひとつだからに違いない。

日本の美術によく取り上げられてきた秋草に月を配した図像は、昔の武蔵野の秋の景そのままで、芒《すすき》を通して見る月は、いわゆる「きれい寂《さ》び」の世界に通じる。

武蔵野といえば、だれしも国木田独歩《くにきだどっぽ》[*1]を思い浮かべるだろう。しかし、面白いことに独歩の『武蔵野《むさしの》』は右の日本の伝統的な美意識に直接連なるものではない。独歩はツルゲーネフ[*2]から自然観賞を教えられ、武蔵野に思い至った。そして独歩が注目したのはその落葉林の美しさだった。


半ば黄ろく半ば緑な林の中に歩《ある》て居ると、澄みわたつた大空が梢々の隙間からのぞかれて日の光は風に動く葉末に砕け、其美しさ言ひつくされず。

と書くとき、武蔵野の風景のかなたに独歩は読書を通じて培ったロシアの原野のイメージを重ねていたのではないか。

柳瀬山荘《やなせさんそう》と耳庵《じあん》

ところで、平林寺は「知恵伊豆《ちえいず》」のあだ名で知られる徳川幕府の閣老松平伊豆守信綱《まつだいらいずのかみのぶつな》＊3一族の廟所《びょうしょ》となっているが、実業家で茶人でもあった耳庵松永安左ェ門《まつながやすざえもん》氏の菩提寺《ぼだいじ》でもある。耳庵は長崎県壱岐《いき》の出身だが、武蔵野の風光を愛し、平林寺から遠からぬ柳瀬村（現埼玉県所沢市）に柳瀬山荘を営み、ここで一時期、茶三昧の生活を送った。

耳庵にはもともと建築趣味、庭園趣味が潜在していたようで、それが別荘などを造っているうちに目覚め、育っていったという。最初はドイツ辺りの田舎家に関心があったようだが、昭和の初めころのこととて、「純西洋式田舎家の設計をしてくれる者もなく」、彼の好みに合うような建物がなかなかできそうにない。「その内、日本におれば日本流の田舎家なら訳はない話じゃと悟って」探し回った結果、ある江戸時代からの巨屋が無住の雨ざらしになっているのを見つけ、移築した。それを中心に、茶室や庭園を備えたのが柳瀬山荘だ。

耳庵は、日本が戦争に傾斜していく昭和十年代から終戦直後にかけての十年余、もっぱらここを拠点にし、その生活の中心に茶を据えて過ごした。敗戦のなかで耳庵は書く。

平林寺山門

境内林は武蔵野の面影を持つ雑木林として、国の天然記念物に指定されている。

写真／アマナイメージズ

四顧ただに暗黒と荒涼にのみ取りまかれてゐる今時……柳瀬の里に逃れて、生活を茶道しつつあるありがたさを感謝せずにはゐられない。

耳庵の茶

しかし、時代は七十歳を過ぎた耳庵を必要としていた。彼は戦後経済再建の真っ只中に呼び出され、電力事業の整備に努め、その強烈な個性もあって、のちに「電力の鬼」と呼ばれるに至ったことはよく知られている。

耳庵は益田《ます だ》鈍翁《どんのう》、原三渓《はらさんけい》を継ぐ近代の財界茶人の雄といわれる。たしかにある時期には強引なまでに名宝を集め、財力にあかせた茶事をやった耳庵だが、わたしが彼の茶を面白いと思うのは、戦中戦後の、彼自身けっして豊かではなかったころに、かえって茶味ふかい生活を送っていることだ。晩年には庭についてもこういっている。

ぼくらの手掛ける庭は、豪壮をほこる寺院のような名庭じゃない。まして金にあかすといった成金の庭じゃない。……御茶をやるからには茶人らしい庭だ。おどかしや誇張のない、すなおなつつましやかな野趣に富んだ簡素を生命とする庭だ。[*4]

自分が苦労して営んだ山荘や集めた茶具、美術品にも執着することなく、母校や博物館にあっさりと寄贈した態度も偉とするに足る。わたしは武蔵野の残影に耳庵後半生の心象風景を見る。

***1 国木田独歩**　１８７１〜１９０８。明治時代の小説家、編集者。千葉県銚子生まれ。渋谷村（現東京都渋谷区）に住み、このころツルゲーネフに親しみ、小説『武蔵野』を構想する。『牛肉と馬鈴薯』『運命』などを刊行し、自然主義の作品として高く評価される。編集者としても有能で、雑誌『婦人画報』などの創刊に当たっている。

***2 イワン・ツルゲーネフ**　１８１８〜１８８３。ロシアの代表的小説家。ロシア中部の地主貴族の次男として生まれる。１８４７年に発表した『猟人日記』では、農奴制を批判したために逮捕・投獄される。この作品は農奴解放に大きな役割を果たした。ほかに、『ルージン』『父と子』『初恋』などの作品がある。

***3 松平伊豆守信綱**　１５９６〜１６６２。武蔵川越藩初代藩主。江戸幕府の老中。第４代将軍・徳川家綱の補佐にあたる。幼少のころより才知に富んでおり、官職の伊豆守から「知恵伊豆」と称された。松平定政事件や由井正雪の乱を処理、明暦の大火後の復興に努めた。

***4**『松永安左エ門著作集』（五月書房）より引用。

西欧人と日本の庭

フロイスの日本庭園観察

日本と外国の庭の比較は別の項に譲るが、欧米の大庭園というのは、端的にいってあまり好きになれない。その点では欧米人の目に日本の庭がどう映るのか、少し気になるところだ。限られた材料ではあるが、手近の書物のなかから欧米人の日本庭園観を探ってみるのも一興かと思う。

まず思い浮かぶのが『日本史《にほんし》』の著者のポルトガル人ルイス・フロイスだ[*1]。彼が九州に上陸したのは織田信長《おだのぶなが》が台頭しつつあった一五六三年（永禄《えいろく》六）で、その二年後に上洛し、信長に信任されて、その風貌を伝えていることでも名高いが、欧米の庭と日本の庭との比較も試みている。たとえばこんなふうだ。

われらは意図的に庭に果物のなる樹木を植える。日本人はむしろ、その庭にただ花を咲かせるだけの（樹木を植えるの）を喜ぶ。

ヨーロッパでは、（庭園に）方形できれいな石壁造りの池を作る。日本では、小さな池または溜池を作るが、それには奥まった所や小さな入江があり、中央に岩と小島がある。そして（その池は）地面を掘って作る。[*2]

フロイスは日本の桜の美しさにもふれ、ヨーロッパの桜がサクランボを採るのに主眼があるのと比べて、日本人の花見に注目している。あとの項は池泉《ちせん》式の庭の洲浜《すはま》[*3]、中島のことだろう。ほかにもあるかもしれないが、フロイスの記録は西欧人の見た日本の庭の記述としては早いものであろうし、観察がなかなか正確である。

ヘルンさんの庭

明治以降になると、数多くの西洋人が来日するようになり、日本の文化に強い関心を示す人が増えてくるのは当然だが、なかでもラフカディオ・ハーン（小泉八雲《こいずみやくも》[*4]）は日本文化のよき理解者だった。

ハーンが英語教師として島根県の松江《まつえ》に赴任してきたのは一八九〇年（明治二三）。自ら

「神々の国の首都」と呼んだこの町でハーンが過ごしたのは、わずかに一年余だったが、彼はここで地元の士族の娘と結婚し、その町をこよなく愛した。ハーンにとって松江の魅力は、美しい自然や古い日本を色濃く残す人や風習などにあったことは間違いない。しかし、新婚生活を送った武家屋敷とそこに付随した庭が、妻の心遣いとともに、つねに彼の大きな慰めであったことは文章から見て取れる。

その広々とした家は美しいが、立地から眺望には少し難があった。彼は書く。

しかしこの眺望を奪われた環境にもけっこう代償と呼ぶべきものがあって、庭がなかなか美しい。住宅の三方をとり巻く形で庭地が連なっているのである。それらを見下ろせる広《ひろ》縁《えん》があり、ある一角からは同時に二つの庭を眺めることもできる。

わが家の庭の中心となる区劃《くかく》がどんな人間の情感を映そうとしたものかは、分らない。……しかし庭を一篇の自然詩としてみる時、それは解説者を必要としない。[*5]

ハーンは日本の庭を「絵よりも詩のほうにいっそう近い」という。彼がこれを書いたとき、どのような絵を想定していたのかわからないが、いかにも人工的で構築的な西洋の庭に対して、

島根県松江市にある「ヘルンさん（小泉八雲）の家」の庭における著者。
写真／飯島幸永

自然とともにある詩情の流れを日本の庭に感じたのだろう。
わたしはかつて地元でいう「ヘルンさんの家」を訪ね、とくに許しを得て飛石を踏みながら庭を見せて頂いたことがある。彼はそこで鳥の声や姿、さまざまな草木、小さな池のオタマジャクシや蛙、ときには蛇の姿などを楽しんだのだった。それはかつての日本ではどこにもあるふつうの光景だった。しかしいまとなってはたしかに失われつつある日本のひとつである。

タウトの日本庭園論

日本の庭を語るとき忘れるわけにいかないのがドイツの建築家ブルーノ・タウト[*6]である。彼がナチス政権を避けて日本に来たのは一九三三年（昭和八）で、ハーン来日の四十三年後のことである。タウトは建築の専門家として、奈良や京都の古建築を高く評価したことで知られるが、一方で中途半端に洋風化しつつある日本の都市景観には嫌悪感を示している。それはともかく、庭については、小堀遠州《こぼりえんしゅう》[*7]にことよせながら、次のように書いている。

建築では、直線と直線から生じる釣合とが自然であり、また最もすぐれた様式であるにも拘《かかわ》らず、庭園ではこれこそ最も不自然な形式なのである。……庭園自体の構成は、その生命の表現形式を自然のうちに見出すのである。……日本の庭園では、眼は疲れることを知らない。*8

庭はもとより人工のものだ。しかし、極めて人工的たらざるをえない建築に対して、自然との交流を絶やさず、自然を身近に取り込んでいくところに日本の庭のよさがあるのだろう。松江の一武家屋敷の庭を愛したハーンにしろ、桂《かつら》や修学院《しゅうがくいん》のような離宮の庭を絶賛したタウトにしろ、欧米の感受性豊かな優れた知性は、そんな日本の庭の特性を鋭く感じ取り、表現している。むしろ、彼らによって日本人が、庭を含め、日本文化の一面を再評価する契機を与えられたのもありがたいことだと思う。

＊1 ルイス・フロイス　1532〜1597。リスボン生まれのポルトガル人。イエズス会員でカトリック教会の司祭。1563年、横瀬浦（長崎県西海市）に上陸して日本での布教活動を開始。1569年には織田信長と初めて対面し、畿内での布教活動を許可された。フロイスが日本での活動を綴った『日本史』は、当時のキリスト教布教の貴重な記録になっている。

＊2『フロイスの日本覚書』松田毅一　E・ヨリッセン（中公新書）より引用。

＊3 洲浜　海浜の景観を庭に表現したもの。平安時代に盛んに作られた。

＊4 ラフカディオ・ハーン　1850〜1904。小説家、随筆家。ギリシャ生まれ。1890年、アメリカの雑誌の通信員として来日、その後、島根県松江市に英語教師として赴任した。松江で地元の士族の娘、節子と結婚、1896年には帰化し「小泉八雲」と名乗る。「ヘルン」はハーン（Hearn）のローマ字読み。『耳なし芳一のはなし』『雪女』などの短編小説を集めた『怪談』、『東の国から』などの随筆がある。

＊5『神々の国の首都』小泉八雲（平川祐弘編　講談社学術文庫）より引用。

＊6 ブルーノ・タウト　1880〜1938。ドイツ生まれの建築家。ナチスを嫌ってスイスに移住。その後、1933年に日本に亡命し、3年余り日本に滞在する。桂離宮や伊勢神宮を絶賛。『日本美の再発見』などの著書がある。

＊7 小堀遠州　1579〜1647。江戸時代前期の近江小室藩藩主。茶人、建築家、作庭家としても有名。古田織部に茶道を学ぶ。遠州の茶の湯は「きれい寂び」と称され、王朝文化の美意識を茶の湯に取り入れた。建築家、作庭家としては松山城の再建、二条城二の丸庭園、南禅寺金地院方丈庭園などがある。

＊8『日本の家屋と生活』ブルーノ・タウト（篠田英雄訳　岩波書店）より引用。

まるで失われた故郷のように

「庭いじり」と「ガーデニング」

本書で取り上げられているような歴史的な名庭、名園は別として、一般の庭は時代とともに、生活のありようとともに変わっていく。日本人の生活が洋風化するにつれ、家が変化し、庭のあり方もまた異なっていくのは時の勢いというものだろう。比喩的にいえば、「庭いじり」が「ガーデニング」に置き換わりつつあるとでもいえようか。

「ロボット」の造語者として知られているチェコの作家カレル・チャペック[*1]は園芸好きだったようで、『園芸家十二か月』という著書があり、日本でガーデニングをやる人びとのあいだでは人気があるそうだ。わたしは、生垣に薔薇を絡ませたり、鉢植えの花を育てたりという趣味はないが、晴耕雨読の生活を志し、ささやかな菜園を作っているので、この本もずいぶん前に買って読み、いまも本棚に並んでいる。しかし、東ヨーロッパと日本では季節感や植物に隔たりがあるので、機知に富んだ表現は面白いが、実際上はあまり参考にならなかった。読んで楽しむガーデニングといったところだろうか。
晴耕雨読に近い感覚で庭に親しんだ近代西欧の文学者としては、ヘルマン・ヘッセ[*2]を挙げることができるかもしれない。ヘッセは『車輪の下』や『デーミアン』で知られるドイツ生まれのノーベル賞作家だが、彼の書いたものを読むと、庭いじりがその心身に深く根付いていたことがわかる。と同時に第一次と第二次のふたつの世界大戦の時代を生きた繊細な感受性が、彼をより強く庭に引きつけていったことも窺《うかが》われる。

ヘッセと庭

このかれこれ十年以来、あのさわやかで楽しい戦争が終わって以来、私の日常のつきあい、私の変わらぬ親しい交際の相手は、もう人間ではなくなってしまった。(中略)ほかの人たちと継続的に日常の生活を共にする習慣を私はやめてしまった。

ヘッセはある小文をこのように書き出す。「戦争」とは第一次世界大戦のこと、「さわやかで楽しい」というのはもちろん反語だ。彼はイタリアのルガーノ湖を見下ろすスイスの町で過ごし、身の回りの杖、カップ、花瓶や皿、書物などを友として生きる。なかでも彼が愛したのは書斎からの眺めと庭の樹木だった。

また別の文では、ヘッセは庭について次のように述べている。

人生にはいろいろ苦しいことも悲しいこともあるにせよ、それでもときおり、希望の実現とか、充足によってもたらされる幸福が訪れるものである。その幸福が決して長く続かなくとも、それは多分よいことなのかもしれない。目下この幸福は、定住して、家郷をもつという気分、草花や、樹木や、土や、泉に親しむこと、一区画の土地に対して責任をもつこと、五十本の樹木に、いくつかの花壇の草花やイチジクや桃に対して責任をもつことは、実にすばらしい味がする。(中略) その生活は、精神的でも英雄的でもないけれど、まるで失われた故郷のように、あらゆる精神的な人間とあらゆる英雄的な人間の心をその本性の核心でひきつける。なぜなら、それは最古の、最も長く存続する、最も素朴で最も敬虔な人間の生活だからである。[*3]

失われた故郷

ヘッセにとっての庭は、たしかに一区画の地面ではあったけれど、それは湖や山といった自然の景観と一体化したものだった。その点で日本人の庭の感覚に通じるものがある。

事実、彼は日本人の色彩感や庭作りにも関心をもっていた。ヘッセは(わたしにいわせればあまりうまくない）絵を描くことを楽しんでいたが、「私が日本人であったなら、祖先たちからこれらの色彩とその混合色それぞれについておびただしい数の正確な呼び名を受け継いだことであろう」という。また、ある小説の登場人物に「私らヨーロッパの者は残念ながら本当の庭つくりとは言えない。日本人がどんなに庭を美しく作ることができるか見なくてはならない！」といわしめている。

ヘッセの日本語についての感覚や日本の庭作りに対する認識がどういうものだったのかは知らないが、最近の日本の貧寒ともいえる言語現象や、洋風の庭を見たらなんといっただろうか。わたしたちもまた、古典や古い庭に「失われた故郷」を探さなければならないのかもしれない。

＊1 カレル・チャペック　１８９０〜１９３８。ふたつの世界大戦間のチェコスロバキアでもっとも人気のあった作家。小説以外にも戯曲、童話、エッセイなど多彩な文筆活動を行なう。

＊2 ヘルマン・ヘッセ　１８７７〜１９６２。ドイツ生まれの小説家、詩人。神学校に入学するが規則ずくめの生活に耐えきれず脱走。そのときの経験から小説『車輪の下』が生まれたという。１９４６年にノーベル文学賞を受賞。

＊3 『庭仕事の愉しみ』ヘルマン・ヘッセ（V・ミヒュルス編・岡田朝雄訳　草思社）より引用。

菱田《ひしだ》春草《しゅんそう》筆「落葉」(左隻)
日本人の自然観に根ざした風景を描き続けた春草の代表作。深い精神性を感じさせる作品。
永青文庫蔵

水に映る影

――音楽と庭

音楽を聴きながら

わたしは音楽を聴くことが好きで、工房で轆轤《ろくろ》を挽《ひ》くときにも、気分によってモーツァルト[*1]やシューベルト[*2]などの曲をよく流している。

また、ひとりでベートーベン[*3]の『田園』やビバルディ[*4]の『四季』などに耳を傾けていると、題名からの連想もあろうが、野山のなかでのんびりした気分に浸っているような心持ちになれる。それは、いい庭を縁側から眺めている長閑《のどか》な時間の感覚にも通じる。そんなことから、音楽と庭について、折々に『フィガロの結婚』や『蝶々《ちょうちょう》夫人』などのオペラでの庭の場面、あるいは子どものころから耳に馴染んでいる『庭の千草』や『早春賦《そうしゅんふ》』などに思いめぐらせたりもする。

わたしはいま、湯河原《ゆがわら》に閑居していて、所用のあるとき週に一、二度東京に出るのだが、その新幹線の車内でご縁ができたのが、作曲家、ピアニストとして活躍しておられる加古《かこ》隆《たかし》さんだ。見るからに芸術家らしい風貌の加古さんは、わが庵居の隣組でもあり、以来、お近づきになって、音楽のことについて楽しいお話をよく拝聴させて頂いている。

ドビュッシーの空間

加古さんから伺ったお話のなかから、庭にまつわるものをいくつか取り上げてみると、加古さんにとって、庭を連想させる作曲家としてまず思い浮かぶのはドビュッシー[*5]だそうだ。ベートーベンやビバルディも、景観から多くの啓示を受けて作曲したことは間違いないが、それは自然そのものの風景で、庭のような限定された小空間ではない。その点、ドビュッシーの小編成の曲、なかでもピアノ曲には、目前の光景から受けた印象をそのまま音楽化したようなものがいくつもあって、曲目も『雨の庭』とか『月の光がふりそそぐテラス』といった庭自体をテーマにしたものもある。庭そのものを直接的に主題としなくても、彼の最高傑作のひとつである『月の光』は、夜空をあまねく照らす月というよりは、むしろあまり広くない空間のなかでの月に対する感性が生かされているのではないかという加古さんの指摘は、たしかにそのとおりだと思う。

ドビュッシーには、たとえば『水に映る影（水の反映）』のように、小さな池に魚が跳《と》んだ

モネ「睡蓮の池」
パリ近郊ジヴェルニーにあるモネ邸の池には睡蓮が浮かび、日本風の橋がかかっていた。
ポーラ美術館蔵　写真／財団法人ポーラ美術振興財団　ポーラ美術館

あとの波紋が広がっていくイメージを瞬間的に捉えたような作品もある。ドビュッシーの空間感覚は、西欧の大庭園よりも、たとえば芭蕉《ばしょう》の世界に近く、わたしたちの周囲にある小振りな日本庭園にむしろ共通点があるようにも思える。わたしは加古さんの話を拝聴しながら、ブルーノ・タウトが日本建築を理解する鍵として俳句を挙げていることを思い起こした。

人間と自然との気の交感

ドビュッシーは印象派に分類される音楽家で、マネやモネといった印象派の画家たちとも活動の時期が重なる。芸術がもっぱら宗教施設や王侯貴族に捧げられるものではなく、成熟した市民社会が享受しうるものとしてヨーロッパに登場してきた時代だ。そのなかで印象派といわれる人びとは、浮世絵のような東洋的、日本的な美にも着目し、積極的に受け入れていく。

わたしはモネが後半生を過ごしたジベルニーの故宅を何度か訪れたことがあるが、その有名な睡蓮《すいれん》の庭でも、西洋と東洋を融合した近代フランスのエスプリを強く印象づけられたものだ。ドビュッシーの音楽に日本の庭を連想させるものがあるのは、そのような時代の空気と無関係ではないだろう。

ところで、加古さんはときどき野外でのコンサートに取り組んでおられる。音響に配慮したホールでの演奏がいいのはもちろんだが、美しい自然のなかでの音楽はまた別の趣があるという。それは視覚と聴覚が奏でるハーモニーの実現といえるが、また風や水の音と楽器が奏でる音との共演でもある。ピアノの音が折からの雨音のなかに消えていくのもいいものだそうだ。自然が舞台だと、ふつう見えないものが見え、聴こえないものが聴こえる、そんな相乗作用があるのだろう。

瀬戸内海を目の前にして演奏していたときのこと、楽音に応じるかのように、トンビが悠然《ゆうぜん》と輪を描いて飛んだ。演奏に鳥が感応したものか、はたまた偶然の結果であるのか、そんなことを考えるのも楽しいことだが、とにかく人間と自然との気の交感を実感したと、加古さんは目を輝かしておられた。そんな野外コンサートを、わたしもぜひ聴きにいきたいと思っている。

北海道トマムの野外コンサートで演奏する加古隆さん。

＊1 ヴォルフガング・アマデウス・モーツァルト　1756〜1791。オーストリア・ザルツブルグ生まれの作曲家。幼いころから自在に楽器を弾きこなし、作曲も手がけるなど天才ぶりを発揮した。後期はウィーンに定住し交響曲、ピアノ協奏曲、歌劇などで数多くの名曲を作曲したが、『レクイエム』の作曲中に35歳の若さで急逝した。

＊2 フランツ・ペーター・シューベルト　1797〜1828。オーストリアの作曲家。交響曲、ピアノソナタなど各分野に名曲を残したが、ドイツ歌曲で功績が大きく、「歌曲の王」と呼ばれることもある。『未完成交響曲』『弦楽四重奏曲　ロザムンデ』『歌曲集　冬の旅』などを作曲。

＊3 ルートヴィヒ・ヴァン・ベートーベン　1770〜1827。ドイツ・ボン生まれの作曲家。「楽聖」と呼ばれる。持病の難聴が徐々に悪化し、26歳のころには聴力を失うが作曲を続け、9曲の交響曲、32曲のピアノソナタ、16曲の弦楽四重奏曲ほか数多くの名曲を作曲した。

＊4 アントニオ・ビバルディ　1678〜1741。バロック末期の作曲家。イタリアのヴェネツィアに生まれる。ヴァイオリン協奏曲集『四季』はイ・ムジチ合奏団が演奏したことで有名になり、バロック音楽の定番として知られる。

＊5 クロード・ドビュッシー　1862〜1918。フランスの作曲家。独特の和声法を駆使した曲を作り、その作品は印象主義音楽と呼ばれている。『牧神の午後への前奏曲』『子供の領分』『ベルガマスク組曲』『前奏曲1・2集』『ペレアスとメリザンド』などを作曲。

モグラと桜

自然現象と天意

数年前のある朝、不東庵《ふとうあん》の庭でモグラの死骸を二匹見つけた。地中で生活しているモグラを、死体とはいえ地上で見るのは珍しい。少なくとも、不東庵暮らしのなかでは経験のないことだった。大地震が近いということがしばしば話題になる昨今だから、深海魚が地震の際に海面に現われるように、これは地震の予兆ではなかろうか、と少し気になったので、知り合いに電話してみたり、調べてみたりしたが要領を得ない。結局、ある大学の研究機関に問い合わせた結果、地震との因果関係はないだろう、という返事を頂いて、少しばかり安堵した。その後、モグラがわが庭の地表に出てくることはないが、いまだにそのときモグラが出てきた理由がわからず、なんとなく気にはなっている。

人間は文明の発達によって便利な生活をすればするほど、本来備わっていたいろいろな身体能力を失っていく傾向にある。家のなかに住み、害獣を駆除していくにつれ、本能的な予知能力なども、おそらく大きく衰退してきたに違いない。その点でいえば、動物には人間よりも色濃く本能が残っているから、その行動からなにかを察知する、あるいは教えてもらう、というのは昔からよくある話で、船からネズミが逃げ出すと沈没が間近い、といった類もその例である。古人の言にしたがって、かつてナマズを飼ってみたこともある。地震を予知してくれるのではないか、と多少の期待がなくもなかったが、短期間であえなく死んでしまったため、その地震予知能力は実証できなかった。

中国（だけではないが）では古来、自然現象に天意が表われるという考え方があり、そのなかに動物もしばしば登場する。雌鶏が雄鶏に変わったのは不吉の前兆だとするような怪異譚《かいいたん》が多いのは、平和な世の中が続いていれば、天は変化を求めないはずだという思いの反映である。

紀元前八世紀から紀元前五世紀にかけてを中国史では春秋《しゅんじゅう》時代と呼ぶが、この名前は孔子《こうし》*1が書いたとされる『春秋《しゅんじゅう》』という書に由来する。この本を孔子が書くきっかけとなったのは、前四八一年に麒麟《きりん》が獲られたことで、孔子はそれに感じるところがあり、自らの思想を込めて著述したのが『春秋』だという。『春秋』はふつうに読めば孔子の出身国である魯《ろ》国の年代記以上のものではないようだが、その一字一句に孔子の意図を読み取るべきだというのが孔子没後の人たちの考えで、「春秋の筆法」ということばはそこに発している。それはともかく、麒麟は空想上の動物で、実在しないというのが現代人の考えだから、右の孔子にまつわる話も事実ではなかろう、というのが合理的推論であろう。しかし、森羅万象を科学的に推理することには人智の限界があることも事実で、このような伝承に込められた思想について考えてみることも、ときには必要であるかもしれない。動物に学ぶ謙虚さを人はもつべきである。ちなみに、孔子の在世中から中国は乱世というべき状態にあったが、その死後まもなく戦国時代に突入する。これが麒麟が狩られたことと関係があったのかなかったのか、いかがなものだろう。

「謙虚」と「うぬぼれ」

庭にモグラを見て、情報を集めているうちに、関西のモグラと関東のモグラが勢力争いをしているということを教えてくれた人がいた。そういえば、そんな新聞記事を読んだ記憶が蘇った。正式にはコウベモグラとアズマモグラというそうだが、もともと伊豆と新潟を結ぶ線が両者の生息域の分かれ目であるのが、近年変化しつつあり、目下は箱根辺りが攻防の前線で、コウベモグラがアズマモグラを圧迫している、という。関ヶ原ならぬ箱根地中での天下分け目の戦いは西軍が優勢のようである。双方の戦いがどのように行なわれているのか知る由もないが、食料の争奪などを通じて領土（?）の拡大、縮小が進行しているのではなかろうか。「箱根の山は天下の険」で、関東にとってはながく東海道の西の関門だったが、地下のモグラ街道ではどうなっているのだろう。ちょっと覗いてみたい気がしないでもない。

箱根は不東庵からさほど遠からぬ位置にある。庭に突如現われたモグラは東西領土戦争の犠牲者ではないかとも思ってみたが、どの種のモグラだったのか、そのときはそういう関心がなく、確かめていない。

わが庭でのささやかなモグラ騒動はさておき、ミツバチが世界各地で少なくなり、果物などの栽培に大きな影響が出ているという。原因の特定はできていないが、寄生虫や薬物汚染、ミツバチの受けているストレスなど複合的な理由による現象ではないか、という説が有力であるようだ。

ミツバチ不足でわたしが思い起こしたのはレイチェル・カーソン女史の『沈黙《ちんもく》の春《はる》』だ。この本が最初に出版されたのは四十年以上も前のことだが、タイトルにも内容にも、いま思えば黙示録的な重みがある。ここでカーソンが繰り返し警告しているのは、農薬その他の広義の殺虫剤の危険とそれを増幅する単一作物の大量生産の危うさである。広範囲に散布された薬は、人間の制御を超えて拡散し、地中に残留し、河川へ流れ込み、海にも蓄積されていく。その効果はときに急激に、ときに緩やかに小さな生命を涸《か》らし、やがて食の連鎖などを通じてより大きな生命体へ、さらに人間にまでたどりつく。

「一九五八年の一月だったろうか、オルガ・オーウェンズ・ハキンズが手紙を寄こした。彼女が大切にしている小さな自然の世界から、生命という生命が姿を消してしまったと、悲しい

湯河原《ゆがわら》の山野で花を摘む著者。
写真／飯島幸永

言葉を書きつづってきた」という一文からカーソンはその「まえがき」を書き出しているが、「小さな自然の世界」に起きている出来事がけっして小さな問題でないことはいうまでもない。彼女はまた、あるオランダの植物保護局局長のことばを引用している。「自然の力をうまく利用すれば、暴力などふるうまでもない。必要なのは謙虚な心であり、科学者のうぬぼれの入る余地などは、ここにはないと言ってよい」と。ここでいう暴力とは殺虫剤などの大量使用を意味していて、「謙虚」の喪失と「うぬぼれ」の罪に問われるのはなにも科学者だけではない。ミツバチの問題もまた、カーソンの問題提起と密接につながる可能性は大であるし、ひいては人間の将来に対しても大きな示唆を与えているのではないか。

モグラはミミズや昆虫が主食だそうだが、カーソンの危惧のとおり、日本の土壌にも多くの害毒が浸透している可能性はある。ミミズも減少しているということを耳にするので、モグラどうしの戦争にも食糧難という形でその辺の事情が関係しているのでなければよいが、というのが、とりあえず地震の心配から脱したわたしの取り越し苦労である。

モグラは植物の根を切ってしまうことがあるので、害獣あつかいされることがあり、昔の子どもたちの楽しみな行事のひとつだった「もぐらうち」も、地面を叩いて農地からモグラを追い出すというものだが、実際には土中の空気の流通がよくなるなど、モグラの活動は土壌の活性化に有用な働きが多いという。「もぐらうち」など、モグラの害に対してどの程度の効果があったのかよくわからないが、このようなのどかな攻撃にとどめてモグラと共存してきた先祖の知恵を思うべきかもしれない。

古代の中国人なら、庭にモグラを見て、「とるに足らぬ些事」というか「乱世の兆しなり」というか。訊いてみたいものだが、ミツバチの大量死については彼らも間違いなくなにかの予兆であると、大いに論じるのではないかと思う。

小鳥たちはどこに

久しぶりに京都郊外の佐野藤右衛門《さのとうえもん》さんを訪ねた。佐野さんは、よく知られるように江戸時代以来の植木・造園業「植藤《うえとう》造園」一六代目当主で、自他ともに許す「桜守《さくらもり》」だ。佐野さんとは規模も経験も違うが、わたしもまた、不東庵で枝垂桜《しだれざくら》の老木の「桜守」をもって任じていて、佐野さんの話からはかねて得るところが多い。

時は三月も末で、例年なら桜がかなり華やいでいるころだが、少し寂しい花の開きようだった。暖冬の影響もあるようだ。佐野さんによると、冬の営みができてないと春の盛りがない、といわれる。

「人間は冬のあいだの木を休眠やのいいますけど、木はそのあいだにエネルギーを根に貯めとんのやな」

それが冬も暖かいままだと、エネルギーが根に貯まらない。結局、つぼみが膨らまず、尖ったまま花になって開いてしまう。とくに緋寒桜《ひかんざくら》や枝垂桜はその影響が顕著に出るそうだ。

「すすけたような白っぽい色になってしもうてますやろ」

手近の花のひとつを取って見ながらの佐野さんのことばだ。

こういえば、近年流行の地球温暖化に話が向かいそうだが、佐野さんは簡単にそう結論づけているわけではない。気候には不安定期があるだろうという。いまがその時期かもしれないのだ。しかし、そんな時期だとしても、あらゆる生物は、生きようとすれば、その不安定に耐えなければならない。近ごろ、人びとは短期的な時間でモノをいいすぎるのではないか。それが佐野さんの基本的な考えのようである。ただ、そうはいってもいろいろ気になる現象はある。

「スズメがおらんようなりましたなあ」

これはわたしも気になっていることだ。鳥の姿を見るのも、さえずりを聞くのも好きなので、自然、鳥には行く先々で注意を払う。カラスやハトの姿はずいぶん見るが、小鳥たちは明らかに減少している、というのがわたしの印象である。ツバメなどはいうまでもない。何十年か前には日本のどこででも見られた、ツバメが電線にいっぱいに並んでとまる光景は遠いものになってしまった。

杉の植えすぎも関係があるかもしれない、と佐野さんは考えておられるようだ。杉は鳥たちの餌にはならないという。また、枝打ちをよくしないと、森が暗くなって小動物も居つかなくなってしまう。桜も同様で、ソメイヨシノばかりが増えすぎた。ソメイヨシノの花は蜜を出さない。葉を食べる茶毒蛾のようなものがたくさんつく。ソメイヨシノはあまりに人工的な桜で、自分で子どもを作ることができない……。

「人間は自然がくれる力を無視しすぎとるんと違いますか」

佐野さんの話にはレイチェル・カーソンの『沈黙の春』ともつながるところがある。自然の多様性を否定し、とりあえずの人間の都合で動植物の世界を勝手に設計し、単純化することの危険性とでもいうか。自然に対する謙虚さを失った人間に、スズメの減少が警告を発しているように思える。もちろんスズメだけではない。人里近くに棲むスズメ以前に多くの動植物が、山や川や海が警告を発していたのだが、人間はそれらに耳を傾けてこなかった。スズメがこのまま減り続けるとしたら、それはもう緊急警報というべきものであろう。佐野さんの話を聞きながら、わたしはそんなことを思っていた。

敬亭山《けいていざん》の衆《しゅう》鳥《ちょう》

鳥といえば、近年、中国に行く機会がかなりあって、旅中に鳥の姿を見たいと思っていた。鳥好きという以外に、漢詩の世界では、鳥たちがしばしば詩人の心を反映する対象となってい

京都嵯峨野・広澤池の近くにある「植藤造園」で佐野さんと。春の園内には各種の桜が咲きほこり花見の人びとであふれる。
写真／秋元孝夫

るからである。
たとえば、李白《りはく》*2の「独り敬亭山に坐す」という詩がある。

衆鳥　高く飛んで尽き
孤雲　独り去って閑なり
相看て両《ふた》つながら厭《あ》かざるは
只《た》だ敬亭山有るのみ

これは安徽《あんき》省の名山を詠ったものだが、李白はここで空高く飛び去っていった多くの鳥たちに故人や時流を見ていたに違いない。中国に行く度に、鳥の群れ飛ぶ情景が眼前することを密かに楽しみにしているが、これまでのところ期待は裏切られている。もちろん昔の漢詩の世界を現代の中国にそのまま求める無理は承知のうえだが、農村を歩いても鳥の姿が少ないことは気になる。敬亭山には行ったことがないが、その辺りに衆鳥はいまでも見られるだろうか。国の内外を問わず、今後も鳥の姿には注意を払っていきたい。
佐野さんはわたしよりも十歳ほどご年長であるが、桜を語り、自然を語って倦《う》むところがない。年中、旅もされているようだし、ご当人はいつエネルギーを貯めておられるのか、と前から疑問をもっていた。そろそろ辞去しようと立ち上がるわたしに、佐野さんは、今度、京都に来られたら祇園辺りでいっしょに遊びましょう、といいながら、大笑された。遊びで貯めたエネルギーを仕事の花に転化しておられるのかもしれない。そのうち、佐野流エネルギー貯蓄法を伝授して頂こうと思っている。

＊1 孔子　前551〜前479。中国古代の思想家。儒教の祖。魯国（山東省）の出身。『詩経』『書経』の編纂、『易経』の注釈、『春秋』の制作をしたといわれるが、今日では疑われている。言行録である『論語』は、孔子の思想を知るための信頼すべき資料である。

＊2 李白　701〜762。中国、盛唐の詩人。「詩仙」と呼ばれる中国最大の詩人のひとり。幼少より詩文に天才ぶりを発揮したが、剣術や任俠の世界も好んだ。不遇な時代をながらく送ったのち宮中に仕えるに到るが、不羈（ふき）の性格は周囲の讒言（ざんげん）を招き宮中を去る。洛陽に赴いた李白は杜甫と親交を結び、別れたあとも互いの友情は生涯にわたって続いた。

曲水《こくすい》遥かなり
——ふたたび不東庵《ふとうあん》の窓から

水は方円の器にしたがう

ヴェルサイユの庭[*1]などヨーロッパの大庭園に行くと、植栽は幾何学的なプランによって植えられ、剪定《せんてい》されて、それに応じて池も四角や円形に区切られていることが多い。インドのタージ・マハル[*2]など、イスラム建築に付随する池も幾何学的であるようだ。整然たる美しさはあるが、わたしはどうもあまりながく留まりたい気分にならない。

庭は所詮《しょせん》、人工のものだし、「水は方円の器にしたがう」のだから、方形だろうが円形だろうが、限定された量の水は人知でもって管理するのが比較的易しい対象ということだろう。しかし、植え込みにしろ池泉《ちせん》にしろ、これでもかこれでもかと自然の素材を加工した風景を見せられると、やたらに手の込んだ料理がいっぱいに並んだテーブル同様、いささか辟易《へきえき》してくる。

これに比べると、中国以東の庭は自然または自然らしい屈曲が主流になっているといってよいように思う。そのことはとくに日本の庭の水の扱いに表われていて、池の汀《みぎわ》の線にしろ、遣《やり》水《みず》*3の流路にしろ、直線的になることを意図的に避け、天然の風景に倣《なら》おうとしている。そこに、人工の場にあっても自然との一体感を重視しようとする日本古来の美意識が色濃く反映していて、わたしには好もしく感じられる。

一觴《しょう》一詠《えい》

このような屈曲する水に遊び心を投影させたのが「曲水《きょくすい》の宴」だ。曲水は昔の日本では「ごくすい」または「こくすい」と呼び習わした。奈良、平安の貴族が三月三日に興じたというこの宴も、もともとは中国の風習である。古の周公《しゅうこう》*4が洛邑《らくゆう》の流水に盃を浮かべて「曲水の飲《いん》」をなしたのが起源だともいうが、史上もっとも名高いのが蘭亭《らんてい》で行なわれたもので、それを起源とする書もある。

蘭亭での宴は、世まさに中国江南《こうなん》の貴族文化が花開いた東晋《とうしん》の永和《えいわ》九年（三五三）のこと、書聖と謳《うた》われる王羲之《おうぎし》*5が会稽《かいけい》（酒で知られる浙江省紹興《せっこうしょうしょうこう》の古名）で四一人の名士とともに催した文雅の集いだ。彼らは山から清流を引き込み、酒を満たした觴《さかずき》（盃）を流し、自分の前に觴が来るとその酒を飲んで一詩を詠《よ》んだ。詩を作れなかった人は、罰として盃三杯を飲まされたという。

王羲之の図（円山応挙《まるやまおうきょ》筆「王羲之龍虎図」部分）
いままさに「蘭亭序」を書き始めた王羲之の姿が描かれている。
大乗寺（兵庫県）蔵。

王羲之はそのときの参加者の詩を編集し、自ら序文を草した。それが「永和九年、歳《とし》癸丑《きちゅう》に在《あ》り。暮春《ぼしゅん》の初《はじめ》、会稽山陰の蘭亭に会す。禊事《けいじ》（みそぎ）を修《おさ》むるなり」で始まる『蘭亭序《らんていのじょ》』で、真筆は残っていないが、模本は拓本を含めていろいろと伝世しているのは知られるとおりだ。このなかで、王羲之は、「絲竹管絃《しちくかんげん》による音楽の賑わいはなくとも、一觴一詠は幽玄の情を暢《の》べるのに十分だ。この日たるや、天は明るく晴れ、空気は清らかで、風は穏やかだ。空を見ては宇宙の限りない大きさを観、下を見ては地上の万物の賑わいを察する」と続ける。

紹興に残る蘭亭の遺跡には行ったことがある。明《みん》代に復元されたという石で流路を造った曲水があったが、格別の風情でもなかった。『蘭亭序』の名文で空想していたほうが、わたしにはよほど味わいが深いように思われた。


このような上巳《じょうし》の節（三月三日）のみそぎとしての曲水宴は、朝鮮半島にも伝わり、新羅《しらぎ》の都だった慶州《キョンジュ》の鮑石亭《ポソクチョン》などはその遺構だともいう。

曲水遥かなりと雖《いえど》も

日本での「曲水の宴」の記録としては『日本書紀《にほんしょき》』顕宗《けんぞう》天皇元年が初出のようだ。

「三月の上巳に、後苑《みその》に幸《いでま》して、曲水宴《ごくすいのうたげ》きこしめす」

とあるのがそれで、四八五年のこととされるが、史実かどうかはよくわからないという。平

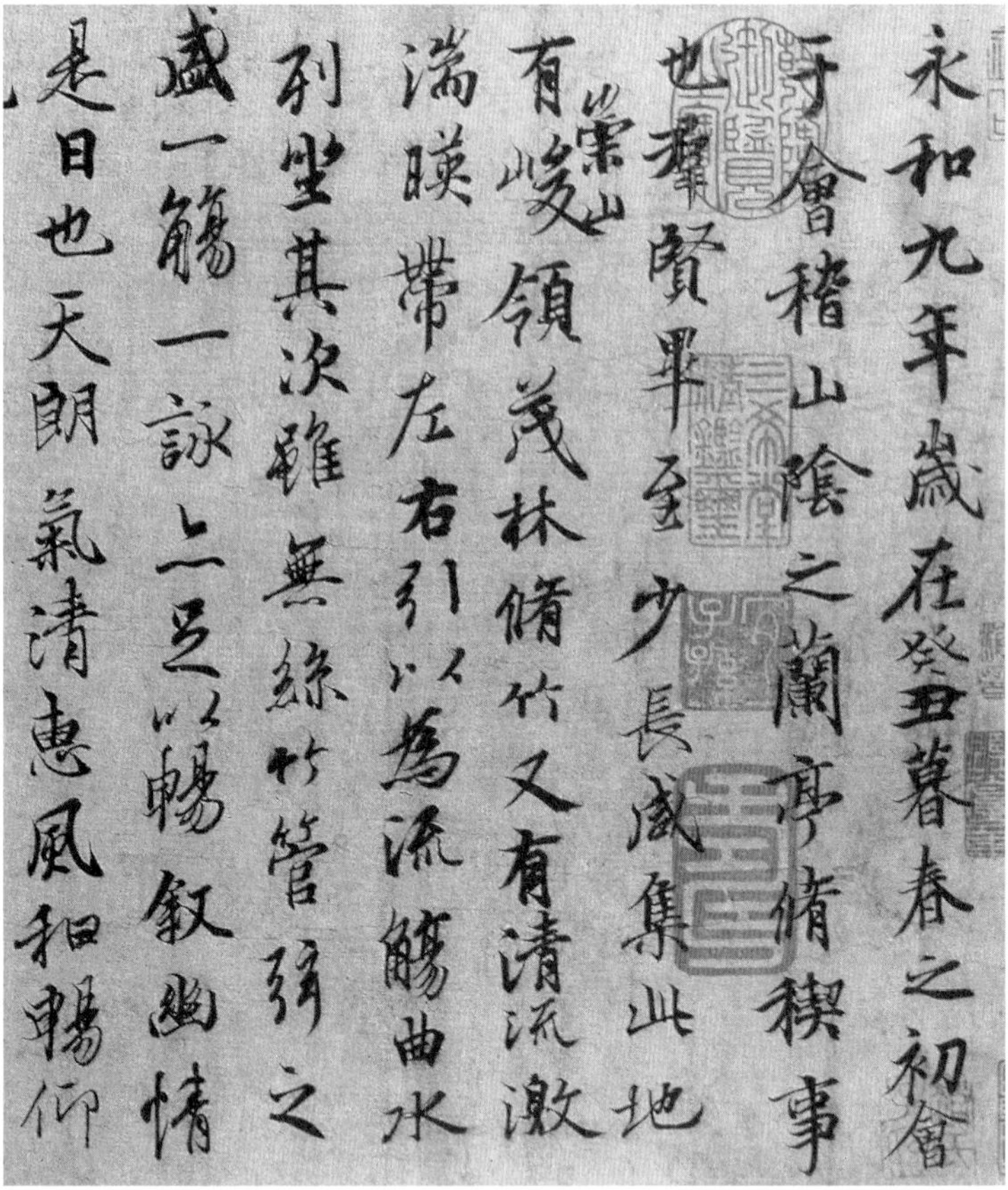

蘭亭序（神龍本、部分）
残念ながら王羲之が書いた『蘭亭序』の真筆は伝わっていない。
故宮博物館（北京市）蔵

安時代、一一世紀の初めに編まれた『和漢朗詠集《わかんろうえいしゅう》（巻上、春）』には次のような菅原道真《すがわらのみちざね》*6の詩が見える。

我が后一日《きみいちじつ》の沢《たく》　万機《ばんき》の余り　曲水《こくすい》遥かなりと雖《いえど》も　遺塵《いじん》絶えんたりと雖も　巴《は》の字を書いて地勢を知り　魏文《ぎぶん》を思つて以て風流を翫《もてあそ》ぶ

——わが君は執政の合間に一日の楽しみを与えてくださった。曲水の宴ははるか昔のものので、久しく絶えていたというものの、巴の字形を書いて地形を考え、（三月三日にこの宴を行なうことを定めた）魏の文帝を思い起こしては風流にひたる——

これによると、菅公《かんこう》のころには上巳の宴としての曲水はあまり行なわれていなかったようだが、知識としては平安貴族の共有するものであったろう。古庭の遺水には「曲水の宴」の風情が残されていて、それは近世の大名庭園にまで続いているし、歌合せや俳諧興行も遠く古の風雅に縁を結んでいるのではなかろうか。

わが不東庵の小庭には水流はない。しかし静かな朝夕には、近くを流れる藤木川《ふじきがわ》の水音がよく聞こえる。わたしは窓越しに見える自庭にその音を重ねて、曲水さらに遥かではあるが、日本の古の風雅を慕わしく思うのだ。

＊1 **ヴェルサイユ宮殿**　1682年、フランス王ルイ14世がパリ郊外に建てた宮殿。フランス王政絶頂期の宮殿で絶対王政の象徴的建造物ともいわれる。庭園も広大で宮殿よりも労力を投入されている。

＊2 **タージ・マハル**　インド北部アーグラにある総大理石造りの墓廟建築。ムガル帝国皇帝シャー・ジャハーンが王妃ムムターズ・マハルの死を悼んで建設した。1632年に着工し1653年に竣工した。タージ・マハルを造るために、インド中から1000頭以上の象で建材を運んだという。

＊3 **遣水**　水源から池泉に至る水流のこと。多くは曲線状に建物の下を流した。平安時代の寝殿造りの邸宅で盛んに造られた。

＊4 **周公**　生没年不詳。中国、周王朝創業の政治家。名は旦。太公望などとならび、周建国の大功臣のひとりである。また、礼学の基礎を作った人物とされ、儒学を開いた孔子は周公を理想の聖人と崇めている。

＊5 **王羲之**　307〜365。中国東晋の政治家・書家。王羲之は書道史上、もっとも優れた書家といわれ「書聖」と称される。草書・行書・楷書の美的工夫を行ない用筆法の多様化を生み「書道の革命家」といわれた。

＊6 **菅原道真**　845〜903。平安時代の学者、漢詩人、政治家。33歳のとき、文章博士に任じられ、宇多天皇に重用されて右大臣にまで上り詰めた。しかし、左大臣・藤原時平に讒訴（ざんそ）され、大宰府へ左遷される。死後、雷神となり祟りをなすとして恐れられ、鎮魂のために天満天神として祀られた。

あとがき

「はじめに」にもふれたが、この小著の基となった連載で、庭というテーマは随想のきっかけというほどの意味で始まったのだったが、しかし、いざ書き始めてみると、やはりかねて行ってみたかった庭や再訪したい場所がいくつかあり、京都や滋賀、あるいは岐阜や島根、さらには熊本などにも出向いて取材を重ねた。庭の専門家でもない者があまり庭に即して論を展開するのは慎むべきだという自戒もあったが、結局は庭から離れられない一年近くを過ごすことになった。週刊の連載ということもあり、慌ただしい月日だったが、いまとなっては各地で拝見した庭や、そこでお目にかかったり、ご教示を受けた方々の思い出とともに、その期間も懐かしい。

一本にまとめるに当たっては、若干の補筆をしたほか、「モグラと桜」と「庭と絵画」の項を書き下ろして加え、章別に再編した。挿図や写真も検討し直し、かなり入れ替えてもらった。また、文中にいくつか漢詩文を挿入しているが、連載時には行ったことがなかった中国の詩蹟などをその後に訪問する機会があったので、そのこともわずかながら加味したところがある。しかし、原則的には連載時の記述のままとしている。

前著の『不東庵日常《ふとうあん》』と同様、いや今回は取材箇所が多かっただけに、それ以上に多くの方がたのお世話になった。すべてのお名前を列記すると、それだけで長い長いリストになる。ここではいちいちお名前を記さないが、それらの方がたに深い感謝の意を捧げつつ、連載時からこの単行本化に至るまで、終始ご協力を頂いた次の方がたのお名前をのみ記させて頂くことをお許し頂きたい。

造園家の斎藤忠一さん、庭園研究家の田中昭三さんには、さまざまな情報を頂戴したほか、取材にご同道願ったこともある。宮内庁京都事務所の川瀬昇作さんには何度もお話を伺がって、ご教示にあずかった。東洋陶磁史研究家の吉良文男さんには、「閑庭閑話」連載時より折にふれて構成や表現につき相談させて頂いた。文責が著者にあるのは当然だが、これらの方がたのご協力なくしては、連載を続けることも、この単行本にまとめることも不可能だったに違いない。

連載および出版の企画と編集実務については、小学館の大山邦興、清水芳郎、庄野三穂子、園田浩之の諸氏にとくにお世話になった。

あらためて御礼を申し上げる次第です。

不東庵の庭に面した窓下で

細川護熙

二〇〇九年秋

参考文献

夢窓国師『夢中問答集』（校注・現代語訳　川瀬一馬　講談社学術文庫）

森　薀『「作庭記」の世界　平安朝の庭園美』（日本放送出版協会）

『現代文学大系3　幸田露伴・樋口一葉集』（筑摩書房）

樋口忠彦『日本の景観　ふるさとの原型』（春秋社）

梅田薫『中山道鶉沼宿の人々』（鶉沼歴史研究会）

中川徳之助『万里集九』（吉川弘文館）

『没後五〇〇年特別展　雪舟』（東京国立博物館・京都国立博物館　毎日新聞社刊）

芥川龍之介『地獄変・邪宗門・好色・藪の中　他7篇』（岩波文庫）

干　宝『捜神記』（竹田晃訳　東洋文庫10　平凡社）

『琵琶湖博物館研究調査報告19号』（滋賀県立琵琶湖博物館）

『幸田文全集　第1巻』（岩波書店）

『備前老人物語　武功雑記』（奥野高広解説・神郡周校注　現代思潮社）

長田暁一『つとめとして、つとめる』（『跳龍』昭和58年5月号）

『宮崎滔天全集　第2巻』（平凡社）

『碧巌録』（入矢義高他訳注　岩波文庫）

『碧巌寺庭園修理工事報告書』（碧巌寺）

島田有紀「狩野元信筆白鶴美術館蔵『四季花鳥図屛風』における理想郷―浄土および現実の庭の要素をてがかりに―」『美学223』（2005冬　美学会編）

『白居易』（中国詩人選集13　高木正一校注　岩波書店）

伴蒿蹊『近世畸人伝』（森銑三校註　岩波文庫）

森銑三『大雅』（東洋美術文庫）
『与謝蕪村』（吉沢忠編著『日本美術絵画全集　19』集英社）
中野孝次『本阿弥行状記』（河出書房新社）
『茶道古典全集　第四巻』（淡交社）
正岡子規『仰臥漫録』（岩波文庫）
夏目漱石『思い出す事など　他七編』（岩波文庫）
熊谷守一『へたも絵のうち』（平凡社ライブラリー）
『もうひとりの熊谷守一　水墨・書・篆刻他』（真鍋井蛙編著　里文出版）
『松永安左ェ門著作集』（五月書房）
白崎秀雄『耳庵松永安左ェ門』（新潮社）
『中国名詩選　中』（松枝茂夫編　岩波文庫）
ローワン・ジェイコブセン『ハチはなぜ大量死したのか』（中里京子訳　文藝春秋）
レイチェル・カーソン『沈黙の春』（青樹簗一訳　新潮社）
松田毅一　E・ヨリッセン『フロイスの日本覚書』（中公新書）
小泉八雲『神々の国の首都』（平川祐弘編　講談社学術文庫）
ブルーノ・タウト『日本の家屋と生活』（篠田英雄訳　岩波書店）
カレル・チャペック『園芸家12カ月』（小松太郎訳　中公文庫）
ヘルマン・ヘッセ『庭仕事の愉しみ』（V・ミヒュルス編・岡田朝雄訳　草思社）
星川清孝『古文真宝選新解』（明治書院）
『新編日本古典文学全集3　日本書紀2』『同7　万葉集2』『同12　竹取物語ほか』『同18　枕草子』『同19　和漢朗詠集』『同44　方丈記・徒然草・正法眼蔵随聞記・歎異抄』『同59　謡曲集2』『同71　松尾芭蕉2』（小学館）

細川護熙　ほそかわ　もりひろ

一九三八年、東京生まれ。

上智大学法学部卒。朝日新聞記者、参議院議員、熊本県知事を経て、一九九三年内閣総理大臣。六十歳を機に政界を引退。神奈川県湯河原の自邸「不東庵」で陶芸を始める。現在は、作陶のほか、書、画、茶杓作りなども手がける。著書に『不東庵日常』（小学館）、『ことばを旅する』（文藝春秋）、『晴耕雨読　細川護熙作品集』（新潮社）などがある。

校正　小学館クリエイティブ
制作　島田浩志
　　　直居裕子
　　　森　雅彦
宣伝　島田由紀
販売　奥村浩一
編集　園田浩之

閑居の庭から　続・不東庵日常

二〇〇九年　一二月五日　初版第一刷発行

著者　細川護熙
発行者　蔵　敏則
発行所　株式会社小学館
一〇一―八〇〇一
東京都千代田区一ツ橋二―三―一
電話　編集　〇三・三二三〇・五一三五
　　　販売　〇三・五二八一・三五五五
印刷所　日本写真印刷株式会社
製本所　株式会社若林製本工場

ISBN978-4-09-387866-1